Botho Strauß

Paare, Passanten

Carl Hanser Verlag

ISBN 3-446-131450-6
3. Auflage 1981

Umschlag: Klaus Detjen
Satz: LibroSatz, Kriftel
Druck und Bindung: May & Co, Darmstadt
Printed in Germany

Für Dieter Sturm

Paare

Ein Mann in einem grauen, zu kurzen Anzug, der im Restaurant allein am Tisch sitzt, ruft plötzlich »Psst!« in die dahinplappernde Menge der Gäste, so laut, daß alle, nachdem er dies zwei Mal wiederholt hat, zu seinem Tisch hinblicken und das Stimmengewoge stockt, beinahe versickert und nach einem letzten, kräftigen »Psst!« des Mannes endlich einer Totenstille weicht. Der Mann hebt den Finger und sieht horchend zur Seite und alle anderen horchen mit ihm still zur Seite. Dann schüttelt der Mann den Kopf: nein, es war nichts. Die Gäste rühren sich wieder, sie lachen albern und uzen den Mann, der sie zu hören ermahnte und die gemischteste Gesellschaft in eine einträchtig hörende Schar verwandelt hatte, wenn auch nur für Sekunden.

In einem Restaurant erhebt sich eine größere Runde von jungen Männern und Frauen. Es ist bezahlt worden, und alle streben in lebhafter Unterhaltung dem Ausgang zu. Doch eine Frau ist sitzen geblieben am Tisch und sinnt dem nach, was eben an Ungeheuerlichem einer gesagt hat. Die anderen stehen bereits im Windfang des Lokals, da kommt ihr Mann zurück. Er hat, kurz vor dem Ausgang, bemerkt, daß ihm die Frau fehlt. Aber da steht sie auch schon auf und geht an ihm vorbei durch beide Türen.

Mit dem Schlag einer ungewissen Stunde blicken in ihrem Heim, nach vielen Jahren der Ermüdung, der Benommenheit und der Trennungsversuche, zwei

Menschen sich mit sperrangelweiten Augen an. Ein Erkennen zieht sie zueinander, ein Verlangen, als könnte zuletzt nur die Aufwiegelung aller sexuellen Kräfte, wie eine Revolution, sie von der Last der gemeinsamen Geschichte befreien und diese beenden. Ein Schlußbegehren läuft aus allen Gassen ein, die sie mit gleichen Schritten je hinuntergingen. Ein Begehren, das sie selbst erfahren als das reine Aufbegehren. Sie umarmen sich mit Armen der Gewalt, in der ihr Vertrautsein, ihre Erinnerung, ihre ausweglos lange Begleitung – in der die ganze Materie der Gewohnheit sich verdichtet und wie ein verlöschender Stern ins Schwarze der Nacktheit stürzt.

Trotz und inmitten der entschiedenen Verstimmung, die nach einem Streit zwischen ihnen eingetreten ist und wodurch sie zwei Tage ihrer Reise unter dem Druck einer äußersten Wortkargheit verbrachten, erhebt die Frau, die eben noch appetitlos in ihre Filetspitzen piekte, auf einmal den Kopf und summt laut und verliebt einen alten Schlager mit, der aus dem Barlautsprecher ertönt. Der Mann sieht sie an, als sei sie von allen guten Geistern, nun auch der Logik des Gemüts, verlassen worden.

Jede Liebe bildet in ihrem Rücken Utopie. In grauer Vorzeit, vom Glück und von Liedern verwöhnt, liegt auch der Ursprung dieser kläglichen Partnerschaft. Und der Beginn erhält sich als tiefgefrorener, erstarrter Augenblick im Herzen der Frau. Es ist immer noch illud tempus in ihr, wo im Laufe der Jahre alles schrecklich verfiel und sich verändert hat. Erste Zeit, tiefgekühlt, eingefroren, nicht sehr nahrhafte Wegzehrung.

In ihrer ersten Stunde haben sich zwei, die noch mit dem Anfang spielen, so sehr verspätet, daß sie nun, jeder in seine Familie, sein Ehegatter zurück, durch den fremden Stadtteil hasten müssen, um eine U-Bahn zu erwischen, die sie mit noch eben unauffälligem Verzug nach Hause bringt. Die Eile, der Wind, der stolpernde Lauf rütteln das locker sitzende Geständnis frei, das in der Ruhe noch nicht herauskommen wollte. Und während sie rennen, die Frau um zwei Schritte dem Mann voraus, keucht er's hinter ihr her. Mit seinen Rufen, die wirken wie die anfeuernden Liebkosungen des Jockeys am Hals seines Rennpferds, prescht die Geliebte schneller noch voran, als habe ihr das Glück die Peitsche gegeben. In der Hetze kann sie den Kopf kaum wenden, um in die Luft zurückzurufen, daß auch sie ihn liebe. Dann verlieren sich beide in der Menschenmenge und finden sich erst am nächsten Tage wieder.

Ich werde noch lange hören: die Schreie der Frau, die sich am Vormittag aus dem obersten Stockwerk eines Apartmenthotels herunterstürzen wollte. Es zog zunächst ein dumpfes, beständiges Rufen herüber, das sich im dichten Straßenlärm nur langsam durchsetzte. Das Hotel grenzte unmittelbar an das Haus, in dem ich mich aufhielt, so daß ich die Sprungbereite selbst nicht beobachten konnte, wohl aber den Kreis der Erwartung, der sich gegenüber ihrem einsamen Standpunkt bald bildete. Das Gebäude mißt bis an sein Dach vielleicht fünfzehn, höchstens zwanzig Meter, und es erscheint fraglich, ob ein Sprung in solch geringe Tiefe unbedingt tödlich oder vielmehr nur mit gräßlichen Verletzungen enden müßte. Ihre Rufe nahmen an Lautstärke zu, nun schrie sie sehr hoch, klagend und doch beinahe auch jubilierend: »Hilfe! . . . Hilfe!« Eine Königin der höchsten Not, versammelte sie nach und nach zu ihren Füßen ein kleines Volk, die Untertanen ihrer Leidensherrschaft. Überall an den vielen Fenstern des Bürohauses, das dem Hotel schräg entgegen lag, drängelten sich die vom Arbeitsplatz aufgesprungenen Angestellten und rollten die Augen in die Höhe. Doch nicht lange hielt die zaudernde Regentin auf dem Fenstersims ihr Volk in Atem, da erschienen auch schon Polizei und Feuerwehr. Beim Herannahen der Sirenen – und dies Wort schwankte hier noch einmal zwischen seiner alten Bedeutung, dem Gesang der Verführung aus der Tiefe, und seiner jetzigen, dem Alarm der Lebensrettung, hin und her – schrie die Frau immer heftiger, immer klagender: »Hilfe . . . Hilfe« und »So hört mir doch zu!« Aber sie hatte gar nichts weiter zu sagen als lediglich noch einmal: Hilfe, Hilfe. Die Feuerwehrleute entrollten ein Sprungtuch und hielten es zu sechst ausgespannt unter das Fenster. Doch hatten sie kaum einmal richtig in die Höhe geblickt, sie betrachteten vielmehr die nach oben gaffenden Gesichter der Menge und freuten sich über jeden Blick, der nebenbei ihren gekonnten Griffen und ihren stark hingestemmten Figuren galt. Sie taten ihre Pflicht und sahen in die Runde. Sie wußten ja, die würde doch nicht kommen.

Nachdem sie ein nur flüchtiges, aber doch wohl erfahrenes Auge auf Haltung, Stand, Gebärde der Kandidatin geworfen hatten, wußten diese Männer offenbar, daß hier der Fall nicht sein würde. Und richtig, wenig später wurde sie, eine übrigens junge Frau mit grellblonden Fransen auf der Stirn, von der Polizei begleitet und auf einer Bahre festgeschnallt, aus dem Hotel getragen und in einen Krankenwagen geschoben. Gerettet.

Am Abend sah man sie wieder. In der Regionalschau des Fernsehens werden uns diesmal Menschen vorgestellt, die einen Selbstmordversuch soeben überlebt haben. Wir wohnen dem Erwachen von Schlafmittelvergifteten bei und erleben jene Sekunde mit, in der sie zu neuem Dasein ihre Augen ins Fernsehen hinein aufschlagen.

Der Eindruck, den man von den Geretteten gewinnt, ist allgemein ein enttäuschender. Für ihre Lage vor dem großen Übertritt finden sie nachträglich keine oder nur die flausten Worte. Merkwürdig auch, wie wenig zweifelnd sie ihre Umgebung aufnehmen: daß sie im Klinikbett sich wiederfinden und nicht im Totenreich, scheint ihnen auf Anhieb schon bewußt zu sein. Einige gehen als erstes zum Waschbecken und putzen sich die Zähne. Die junge Frau, die sich aus dem Hotelfenster stürzen wollte, sagt jetzt dem Fernsehteam: »Peter is sowat von eifersüchtig. Ick wußte ja nich mehr, wo ick mir befinde. Ick hatte ja keene Wahl.« Die Sache einmal so zum Ausdruck gebracht, und der Schrei der Hochgestellten vom Vormittag, ihr Wille, den einzig letzten, den ranghöchsten Akt menschlichen Handelns auszuführen, erscheint mit eins getilgt durch menschlich allzu verständliche, also nichtssagende Motive. Und doch:

das wirkliche Elend besteht darin, daß sich das wirkliche Elend nicht Luft machen kann. Es erniedrigt das Bewußtsein, es sprengt nicht. Das große Leiden haust in den tausend nichtssagenden Leidern. Solange sie plappert und nicht fällt, wird sie dies Doppelspiel treiben mit Peter und dem Tod . . .

Die Freundin von Ulf neulich abends, sie hatte einen ziemlich schrecklichen Tag hinter sich, war am frühen Morgen von Ulf nach Hause gekommen zu ihrem Mann und fand ihre Wohnung halb ausgebrannt vor. Ihr Mann hatte versucht zu löschen, die Feuerwehr war gekommen und die Räume wurden unter Wasser gesetzt. Nur wenig fehlte, und die Flammen hätten auf das Kinderzimmer übergegriffen.

Nun war sie, die sonst oft gleichgültig und abwesend wirkte, an jenem Abend nach dem Unglückstag merkwürdig munter und auf besondere Weise beteiligt an unserem Gespräch, ohne doch je zu Wort zu kommen. Es ging uns wieder einmal um die Frage, welchen Weg denn die Kunst zum Positiven hin einschlagen könne. Schließlich käme sie, Kunst, gar nicht umhin, sich den lebenerhaltenden, den Einkehr fordernden Programmen zu verbinden. Ja sie müsse sogar vorrangig dazu beitragen, die Zeit der Einkehr mit neuen Inhalten zu erfüllen. Eine neue Kunst, setzte Ulf hinzu, müsse sich daher zuallererst lossagen von der bloß paradoxen, bloß kritischen, bloß das Falsche entlarvenden Intelligenz, durch deren Hohlformen das Längstdurchdachte in schier unversiegbarer Verdünnung rinne. Stattdessen habe sie aufzunehmen das große schwere Ja (eines Rilke zum Beispiel). Die bildenden, die heraufrufenden Kräfte, das Schaffende und Spendende ganz und gar, das Kritische nicht, seien die Felder einer künftigen ästhetischen Lust. Der Gesang, Pound und Rilke abermals, darf nie verstummen!

Zu alledem redete seine Freundin leise untendrunter mit. Nicht indem sie Einwürfe machte, etwas ergänzte oder infrage stellte, nein sie murmelte bei sich, es tönten nur die Saiten ihrer Stimme von seiner Rede wider. Es war ein wenig wie bei manchen Geisteskranken, die willenlos Echolaute von sich geben, wenn man zu ihnen spricht. Gleichwohl hatte sie zu allem etwas zu sagen, denn sie war ja aufgewühlt. Jedoch blieben Lautstärke und Ausdruck ihrer Bemerkungen schwach, unter der Schwelle der offenbaren Mitteilung. So benutzte ich einmal versehentlich das Wort ›Sinnlichkeit‹ und zog es sogleich wieder zurück. Da hatte sie es aber bereits aufgeschnappt und sagte, ohne deutlich zu werden: »Sinnlichkeit, an sich ein gutes Wort, die Sinne!« und dazu griff sie Ulf an den Unterarm, um vorzuführen, welche im Grunde einfache und manifeste Bedeutung dies Wort besitze. Doch auch das wurde kein lebensfähiger Gesprächsbeitrag, wir hörten praktisch nicht hin und das wußte sie ja und wäre, wie sonst immer, verstummt. Aber an jenem Abend mußte sie irgendwie mitreden, untendrunter mitreden, egal wie, und dieser Drang schien stärker zu sein als die Scham und die Versagung, ständig überhört zu werden, ihr schmerzlich waren.

Von Zeit zu Zeit, wenn ihr eben danach ist, sucht sie einen gutgekleideten, kräftigen Burschen auf und er ist meist für sie da. Sie muß dafür nicht bezahlen. Sie sind Körperfreunde. Sie wissen wenig voneinander, nichts Tieferes, vom Lebensweg des anderen nur eben soviel, wie man in Zigarettenpausen spricht und dann leicht vergißt. So wird es getan, genauso wie es in tausend Magazinen schon beschrieben und sogar empfohlen wurde. So vorbildlich helfen sich hier zwei, die es vorziehen, allein und ungebunden zu leben. Vor dem Haus streichelt sie dem Mann in seinen weißen Hosen zum Abschied über die Wange. Weich und dankbar sieht es aus, lebensklug und nicht frivol. Eine umfassende Gebärde gleichwohl für die lasche Güte und die Auswegsfülle, in der mittlerweile das Lieben abseits der Liebe verläuft. Wir haben es hier eher zu tun mit einer liberaldemokratischen Einrichtung, chaoslos und angstfrei, die Liebe dem Guten untergeordnet, domestiziert und der Freiheit gewidmet. Die Angst gehört den Atomkraftwerken. Keiner ist mehr gezwungen, sie an ihrer geschlechtlichen Quelle selbst zu ertragen. Und vielen scheint es zu gelingen, die Angst zu provinzialisieren, umzulagern.

Allein das Wort *Beziehungen* immer wieder zu hören, wirkt sich handschweißhemmend aus. So handelsplatt wie es klingt, sucht es den Umgang mit der gründlichen Gefahr, welche die Liebe ihrem Wesen nach für das Gemeinwohl darstellt, künstlich zu ernüchtern und eine Berechenbarkeit hineinzubeschwören in eine Sphäre, die immer noch die ursprünglichste, undurchdringlichste und verschlingendste des Menschen ist. Es mag sein, daß daran die Herrschaft alles Möglichen, die totale

Erlaubnis, der Konsum auf die Dauer etwas ändern werden und alle Bindungen lose und schwächlich machen. Wie der Geschichtslose an den kalten Inszenierungen von Vergangenheiten, den plötzlichen Tableaus von Preußen, Staufern, Pharaonengräbern sich erfreut, so wird dann den Lieblosen kaum etwas anderes mehr erregen als die Spurensicherung der Liebe. Zu gerne würd' er mal erfahren, was wohl ein sogenanntes erotisches Abenteuer wirklich war, oder wie eine Leidenschaft sich ausnahm, die erst im Bruch von Regeln, Sitte, Widerständen groß geworden war.

Für uns in den Städten, uns Mobile, Beschleunigte und Mischkläßler, entscheidet sich die Partnerwahl in einem ›freien‹ Spiel von anziehenden und abstoßenden Kräften, je nach Lust und Laune und dem Angebot der Reize. Es ist, als sei die erotische Wirklichkeit, die äußere Szene der wechselnden Gelegenheiten, zu einem vollkommenen Abbild der Seele selbst geworden mit ihren wirren, ungeordneten Bedürfnissen und der Fülle ihrer Ambivalenzen. Wir werden diesem Menschen nicht mehr begegnen, von dem wir auf Anhieb wissen, dieser paßt zu uns wie kein zweiter, er ist der einzig Richtige. Für unsere Lebensformen, in denen wir voneinander immer unabhängiger, vom Ganzen aber immer abhängiger werden sollen, ist ein solcher schöner Herzenstrug von keinerlei Nutzen mehr und wir werden ihn allmählich aus unseren Gefühlen verlieren. Wo aber die Seele so wenig äußeren Zwecken gehorchen braucht, tritt die Herrschaft der innersten Ambivalenz-Gefühle umso ungezügelter hervor. Die Rede der Verbindung, die einzig auf Gefühl beruht und kein gemeinsames soziales Geschick mehr zu tragen braucht, ist ein komplexes Ja-Nein und ihr unspaltbarer Kern ist Liebe-Kälte. Alleinbestimmend ist, was gerade der Seele gefällt – und es gefällt ihr schon gleich nicht mehr, wie man weiß, denn sie ist ja der Hort des Gegenwendigen schlechthin. Die Begegnung, die unter den Bedingungen der größtmöglichen äußeren Freiheit und Verantwortungslosigkeit stattfindet, wird bald ein geschundenes Opfer der Zwänge, der Lust- und Zerstörungslaunen des Unbewußten. Auf diesem Feld, wo das Soziale (Aufbau einer Gemeinschaft, Fortpflanzung, Überlieferung eines kulturellen Erbes usw.) seine vorherrschende Rolle eingebüßt hat, verkehren unbehindert die Launen mit den Gelegenheiten, die äußeren Reize, das Neue mit dem schnellen Wechsel der Behausung, und aus diesem breiten Verkehrsstrom, wo das Gewünschte mit dem Gegebenen sich immer kurzfristig einigen kann, wird sich keine noch so fest versprochene Verbindung heraustrennen können. Er zieht durch uns alle.

Besuch von M. Vier Jahre nach unserer Trennung bringt sie mir ein Buch zurück und sitzt nun wieder, in neuen Kleidern und mit kürzerem Haar, auf derselben Fensterbank, auf der sie auch an unserem letzten Abend saß. Ungeniert spricht sie sogleich ›über uns‹. Daß ich damals auf dem besten Wege gewesen sei, in ihr alles Positive auszumerzen. Daß ich mich nie anders als verächtlich über ihren Beruf, ihre Mama, ihren Geschmack und ihre Vergangenheit geäußert hätte. Kein Liebeslob, aber jede Kleinlichkeit, die ich mir zuschulden kommen ließ, scheint sie frisch in ihrem Gedächtnis zu bewahren, und sie zitiert mich wörtlich. Wie wenig amüsant ist das! Wiederbegegnungen solcher Art sollten doch den Schmerz von damals zum Flirt von heute, zum Flirt unter Erfahrenen machen. Wie schal und mäßig aber ist es, sich jetzt in aller Ruhe und Offenheit zu sagen, was man damals nur unter Panik und Erbleichen herausgebracht hätte. Sollte sie etwa die ganze Zeit über meiner nur in der Form dieser leblosen Abrechnung gedacht haben? Wären wir nicht getrennt, so sähe ich darin den gültigsten Trennungsgrund: daß sie nicht fähig ist, sich unserer schmerzlich und großmütig zu erinnern. Ich schrak zurück, als sie mich zum Abschied plötzlich küßte. Nie mehr! Nie wieder Du!

Sie hat ein Haus geerbt, die zierliche junge Frau, Arbeiterin bei den Städtischen Verkehrsbetrieben, spricht begeistert vom Haus der Großmutter, verstorben seit kurzem, lauter Nischen!, redet ein auf ihren Arbeitskollegen, der schon verheiratet ist, aber übers Wochenende bei ihr blieb. Pläne, Pläne. Sie malt ihm das Haus auf die Papierserviette und will ihn da hineinverlocken. Im Umschwung ihrer Lebenslage weiß sie sich kaum zu halten, schwärmt und ängstigt sich und bietet einem stummen, ihr fast unbekannten Mann immer drängender die gemeinsame Zukunft an. Der Mann dreht seinerseits immer nervöser den Ehering um den Finger, lächelt ungläubig, schüttelt leicht den Kopf, als sei dies doch zu wunderlich, und läßt dabei im stillen, einmal probeweise, den Umschwung von den Waden aufwärts durch seine eigenen Verhältnisse ziehen.

Ein Bezirksbeamter in den Mittdreißigern läßt vor seiner träg und stumm dasitzenden Frau seine Intelligenz warmlaufen. Er wirft ein kritisches Licht auf gewisse berufliche Vorfälle, ja er erhebt sich zum distanzierten Beobachter des eigenen Amts, jetzt am Abend in der Bar beim Nachttrunk. Da von ihr kein Einspruch und auch kein Blick, der seine Lächerlichkeit durchschaute, zu erwarten ist, erzählt er immer heftiger und immer heftiger aufschneidend von den Mißbräuchen in der Verwaltung und was er dagegen zu unternehmen gedenkt. Und indem er so alleine spricht und niemanden beachten muß, fühlt er seine Intelligenz stetig zunehmen und die Einsicht in die Zusammenhänge berauscht ihn. Da kommt auf einmal auch ein Ansehen der Frau in seine Augen; zu seiner eigenen Genugtuung braucht er sie etwas klüger als sie ist, und stellt sichs vor. So ungefährlich angehörig, wie sie bei ihm sitzt, ist dieser Mensch für ihn das beste Rauschmittel, sich leicht empor zu denken. Trotzdem sie hin und wieder durch eine falsche Wortergänzung doch verrät, wie wenig sie bei der Sache ist, wie wenig gar mit ihm auf ›gleicher Wellenlänge‹ – ein Manko in der Partnerschaft, dessentwegen der junge Beamte schon manchen Höhenflug mit bitterem Bedauern unterbrach. Er (im Zuge seiner Amtsschelte): »Was das den Steuerzahler kostet!« Sie: »Hat man denn keine andere Stelle, über die das laufen könnte?« Er: »Ach was! Stell dir doch bloß mal vor, was das den Steuerzahler kostet!« Und sagt es mit erhöhtem Nachdruck, fast erzürnt, damit die Frau sich endlich miterrege. Doch ihr Naturell gibt das nicht her, sie läßt sich von nichts und niemandem in helle Empörung versetzen. Da schweigt er plötzlich und eine nächste Frage, nähere Erkundigung von ihrer Seite unterbleibt. Der Mann bezahlt beim Kellner, und wenig später stehen beide auf. Als er für sie den geöffneten Mantel bereithält und sie sich ansehen, steht in den Augen des Mannes ein unwillkürlicher, nicht löschbarer Schimmer frivolen Mitleids.

Wir entdecken in einem von sehr gemischtem Publikum besuchten Lokal einen Mann von Anfang vierzig, einen dem Anschein nach besonders braven, in seiner Zeit eher verlegen dastehenden Menschen, einen Büroarbeiter auf stillem Posten, der sich am Samstagabend nur ein bißchen umsehn will, und neben ihm seine etwas füllige, kleine Frau mit einem Entenschnuten-Mund. Sie hocken beide angespannt oder wie sie vielmehr glauben: lässig hingegeben an der Bar, wo sie von Tunten, Dealern, Flippis, Totalverfärbten eng umgeben sind. Sie machen jeden Samstag einen Ausflug in die scene und spüren dabei nicht ohne innere Erregung, wie alles was an ihnen Mitte, Mehrheit, Durchschnitt ist, hier auf einmal, im anderen Milieu, die Außenseiterrolle spielt. Ihre Fahrt vom Außenbezirk ins Zentrum der Stadt ist in Wahrheit eine von der Mitte an den Rand, die Spießer werden zu Exoten. Die Frau behält in der heißen Kneipenluft dennoch die Pelzmütze auf dem Kopf, es ist Winter draußen. Auf die freigewordenen Hocker neben sie setzt sich ein Schwulenpaar mit seinen Täschchen, seinem eau sauvage, seinen Seidenhemden. Da sehen sich der Harmlose und seine Gattin an – sie würden es wohl ›vielsagend‹ nennen – und müssen ein Kichern unterdrücken. Etwas eigentümlich Zurückgebliebenes, Unentwickeltes, etwas Backfischhaftes geht von ihnen aus, und zwar von beiden, ohne Unterschied. Dabei sind sie doch gut miteinander, verbergen nichts Unfreundliches, nichts Aggressives in ihren Gesichtern. Keusch wie ein rotchinesisches Liebespaar, sind sie andererseits diesem ganz perversen Schnüffeln an Bewegungen verfallen, ohne das sie nicht mehr auskommen und dessentwegen es sie immer wieder an diese Orte einer müden, längst entzauberten Verworfenheit zieht. Man betrachtet dieses sonderliche Paar und möchte wissen, auf welchem sexuellen Exterritorium leben die in dieser allgemeinen, gottverdammten Fick- und Ex-Gesellschaft? Man sieht ihre Umarmungen stets das gleiche Ende nehmen: die kleine Frau hebt fragend ihre Augenbrauen und lächelt ein mildes, doch nicht ganz freies Lächeln, wenn ihr Mann die zittrigen Lider aufschlägt und keiner von beiden recht bemerkte, wann es eigentlich geschah. Dann halten sie sich aber fest. Sie ist es wohl, die immer häufiger drängt, in die Innenstadt zu fahren, die Bewegungen zu spüren in diesen Treffpunktkneipen mit ihren verrückt-verrührten Schichten, die ganz andere Reize bieten als die billigen Vergnügungsstätten, wo das Magere der schieren Entblößung nichts Weiteres zu vermuten, zu belauschen, zu entdecken übrig läßt. So ist die Schlafstadtfrau auf bestem Wege, eine zielbewußte Träumerin zu werden, ohne sich dabei von ihrem Mann zu entfernen, jedoch in diesem Wandel ihm eher voranschreitend als ihm folgend. Sie beide waren immer bereit, über die Unvollkommenheit der Liebe *gemeinsam* zu kichern.

Ihr Reich ist die Obszönität. Die junge Laborantin lebt in einem Sommernachtstraum der sexuellen Echos und Verwandlungen. Wohin sie sich setzt, wohin sie blickt, jede Sphäre ist voller geschlechtlicher Anklänge und sie muß *es* sagen, unentwegt, selbst wenn es nur eine winzige Bemerkung über die Zigarette im Aschenbecher ist, über die Sprache, die in eines anderen Ohr eindringt. Beim Sonntagstreff mit der Familie im Restaurant – Vater, Mutter auf der einen Seite des Tischs, sie auf der anderen allein – wirkt sie sogleich auf eins nur hin: die Eltern richtig anzumachen, ein Klima von neudeutscher, kleinbürgerlicher Schlüpfrigkeit über dem Mittagessen zu verbreiten. Sie nennt sich selbst den flottsten Kittel vom ganzen röntgenologischen Labor und schildert, wie der Chef sich neulich in der Sauna zu ihr setzte, wo sich alle gleich, aber eben doch nicht ganz so gleich seien. Sie spricht zu ihren Eltern wie zu einer Ferienbekanntschaft im Club Méditerranée, selbst ihnen oder gerade ihnen gegenüber kennt sie keine andere Rede als die anzügliche. Damit will sie weder provozieren noch sich selbst befreien, sondern vielmehr sucht sie gleiche Stimmung, Übereinstimmung, das gemeinsame schallende Gelächter. Es fällt auf, daß die Mutter recht bald auf die Reizwellen, die sie von ihrem Kind erreichen, einschwingt und erst kichernd, dann immer salopper, rüder werdend, mit unverblümten Anspielungen nicht zurückhält, die immer enger um die Männlichkeit des Vaters kreisen. Die Tochter beschreibt ihren Vater als ein ›Körperwesen‹ mit enorm breiten Schultern, engem Becken und – gemeines Lachen beider Frauen. Das Körperwesen aber sitzt ruhig und rund am Tisch, ein Biedermann, der gerne schmunzelt und doch ein wenig sich geniert. Die Frauen dichten ihm gemeinsam etwas an, loben ihn in höchst frivolen Tönen, während die stille und wackere Figur des Vaters keinen Zweifel läßt, das seine Stellung in der Familie seit je auf Geld und Güte, doch nicht auf gerissenen Liebeskünsten beruhte. Die Mutter mit ragender, höckriger Nase blinzelt der Tochter zu und versucht sich frech in deren Tonart: sie ließe jetzt öfter mal wieder den Pyjama im Badezimmer hängen. Schrilles Lachen der Tochter: »Sieh mal, der Papa kriegt noch rote Ohren!« Und kurz darauf räkelt sich die Elfe aus dem Bräunungscenter in ihrem langen weißen Männerhemd und sagt zu ihrem Vater: »Ich weiß ja nicht, wie du im Bett bist, da hab ich ja keine Ahnung, wenn du mal nicht mehr Messer und Gabel in der Hand hast . . .« Und so fort. Man schwankt: ist das nun ein besonders abgefeimtes Geschöpf oder wird sie in der Tat von einem pornokratischen Dunkel bedrängt? Sicher ist, daß jeder ihrer Versuche, sich unter Menschen zu verständigen, so lebhaft sein muß – und was für sie lebhaft ist, das ist zugleich obszön. Sie ist verlangend, arm, allein, kennt die Ausschweifung so gut oder schlecht wie jeder andere. Doch sie spricht. Sie spricht *es* aus. Damit erfüllt sie eine Form der Erotik, weniger des Sex. Sie spricht, sie verlangt *es* – was? Eigentlich wohl nichts anderes als den nicht versiegenden, unendlich flutenden Schwall ihrer obszönen Rede selbst und die Wohltat, sich im Fluß ihrer Rede zu baden. Ihre Fantasie ist nicht besonders reich, was sie sieht und nennt, ist nicht grotesk, aber manchmal wird sie doch erfinderisch, so als würde ihr, die zweifellos ganz unbelesen ist, plötzlich eine Sprache über den Kopf wachsen.

Oft genug aber weiß sie gar nichts aus der Luft zu greifen, die mit sexuellen Geistern überfüllt ist, dann wird ihre Dunkelheit boutiquenhaft, und sie behilft sich mit platten Redensarten aus dem Fernsehvolksschatz. Dann gibt's in ihrem Sommernachtstraum keinen besseren Zauber mehr als einen Laborchef, der sich in einen Saunanackten verwandelt.

Das Leben der werdenden Mutter im Kreis werdender Mütter, alle solidarisch, im gröbsten verständigt, Schwangerenrat trifft sich dienstags bei Helen, nur der Hausmeister bleibt ein alter mürrischer Einsiedel. Aufgeklärt, blaß, gerade das Rauchen aufgegeben, etwas fettiges Haar, Jeans und T-Shirt und darüber eine folkloristische Strickware, nach immer mehr Aufklärung dürstend (›Literatur‹ nennen sie's kurz und umfassend), am liebsten die permanente Diskussion, um sich vor Glück, Unglück und anderen Unbegreiflichkeiten zu schützen. Helens Mann, Jurist, blond, stark gelichtetes Kopfhaar, Kinnbart, ist im vierten Monat ihrer Schwangerschaft in die SPD eingetreten. Seine Neigung zu skandinavischen Abholmöbeln hat sich bei der Einrichtung ihrer Dreieinhalbzimmer-Wohnung durchgesetzt. Gute moderne Zweierbeziehung. Sie gehen lässig und freundlich miteinander um, ohne Übertreibungen, ohne Flamme. Das ›sogenannte Irrationale‹ wird mit eben dieser Floskel angepackt und unter Kontrolle gehalten. Ihre Einstellung zu Beruf und Pflichten ist, soweit eben möglich, lustbetont. Vieles macht Spaß. Beim Liebemachen machten sie ein Kind.

In dieser offenen Nische voller Miteinander trägt sie ihr Kind aus, und die werdenden Mütter des Bezirks tauschen ihre Erfahrungen und Sorgen, etwas beängstigt jetzt, da sie gebären sollen, aber ein Wissen von den natürlichsten Dingen kaum mehr besitzen. Lauter warme solidarische Nester, schon bei geringster Übereinstimmung, darin die Leute ihr kleines Ganzes hüten, um dem furchtbaren Ganzen, wie es wirklich ist in der Welt, etwas entgegensetzen zu können. Und es ist gut so. Denn für den Einzelnen gibt es ringsum nur den Abgrund (auch den der aggressiven Selbsttäuschung, daß es anders sei). Es bleibt gar nichts übrig, als auch noch den albernsten Schund des Gesellschaftlichen mitzutragen: Vater, Mutter, Tochter gründen eine Eltern-Kind-Gruppe und vernetzen sich mit Kitas und Bereichsräten der Selbsthilfe, mit Eigenbedarfswerkstätten, dem Kneipenplenum und der fahrbaren Stadtteil-Psychotherapie. Und doch: wie möchte man sich immer mehr von diesen Menschen der Stunde, den ganz und gar Heutigen, unterscheiden. Wie wenig könnte es befriedigen, nur und ausschließlich der Typ von heute zu sein. Die Leidenschaft, das Leben selbst braucht Rückgriffe (mehr noch als Antizipationen) und sammelt Kräfte aus Reichen, die vergangen sind, aus geschichtlichem Gedächtnis. Doch woher nehmen . . .? Dazugehörig sein in der Fläche der Vernetzung ist an die Stelle der zerschnittenen Wurzeln getreten; das Diachrone, der Vertikalaufbau hängt in der Luft.

Bloch ⇒

Ein neugieriges Mädchen trat ein, in Begleitung eines Mannes, der mir eine Nachricht überbrachte, dem sie jedoch nicht enger angehörte und der dann ohne sie bald wieder verschwand.

Sie blieb ohne Bitte oder Ausrede in meinem Stuhl sitzen und lachte, als ich sie schweigend ansah, ein leises, schleierhaftes Lachen, das ihre weitere Absicht kaum verhüllte. Ich war ihr noch nie begegnet, ich hatte nicht einmal ihren Namen verstanden. Nun saß sie fest in meinem Bücherstall und ihre wirkliche Erscheinung verfing sich in einem Gespinst unzähliger Vorbilder, heimlicher Erwartungen, reservierter Glücke. Die Beute, die sich von selbst einstellt, überrascht den untätigen Jäger, verhöhnt ihn im Grunde sogar. Man speichelt einen solchen Fang, einen solchen Fremdkörper zuerst mit sehr viel Rede ein. Der Mund geht über, wo die Augen noch nicht recht trauen wollen. Aber auch das schöne Mädchen setzt sich nicht künstlich ins Geheimnis, sie erleichtert sich vielmehr um eine Menge von freimütigem Geschwätz zu Kunst und Zeitgeschehen. Es häufen sich die Ansichtssachen in einer solchen ersten Stunde. Gleichzeitig sucht man wachsam nach dem Pferdefuß, der sich irgendwo im kostenlosen Angebot verstecken muß. Irgendeinen Fehler muß sie doch haben, sonst wär' sie nicht so ohne weiteres hier. Auffällig ist jedenfalls, wie unausgeglichen ihre Stimme klingt, wie ihr zuweilen die sichere Tonlage schnell entgleitet, zwischen laut und leise ungewöhnlich starke Schwankungen auftreten. Ähnlich den Gehörlosen, die ihre eigene Stimme nur schwer kontrollieren können, spricht sie unversehens viel zu heftig und zu laut, gemessen an dem bescheidenen Inhalt ihrer Mitteilungen und der Nähe des Zuhörers. Ich erfahre, sie ist ein Zwilling. Aber mir scheint: wohl der ihrer Mutter. Denn jetzt werden ihre Sprüche auf einmal fest und forsch, ihre Hände zieren sich nicht mehr, sie wischen vom Tisch, sie fuchteln wie die einer im Treppenhaus zeternden Hausfrau. Ihre ganze Deckung, ihre Psycho-Rüstung, zeigt sich jetzt, ist ihre Mutter, und wenn man das Visier hochklappt, findet man unten, in Nabelhöhe, die Kleine aufschaun mit verstörtem Blick. So sind wohl viele schwach, die *frei* einherkommen, gezwungenermaßen frei, möchte man sagen, denn der äußeren Freiheit der Lebensformen entkommt ja niemand heute. Mit fünfzehn die erste feste Beziehung, dauerte immerhin fünf Jahre, mit allen Regeln einer Ehe; mit zwanzig nun wieder mutterseelenallein: sie stülpt sich die Kappe von Heim und Herd über, wenn es um sie herum unsicher wird, und krächzt darunter mit Mutters Stimme hervor. Die Berührungen mit ihr entwickeln sich zu einem grotesken Akt der Entzweiung. Ich bemerke es noch dumpf, jedoch kann ich aus meinem einmal wachgerufenen und stürmisch eingebildeten Verliebtsein nicht so schnell wieder ausbrechen. Dabei hätte mir ihr offener, leerer, bloß nachgiebiger Mund schon bedeuten müssen, daß hier mit dem Schwall der Worte jede Kraft der Erwiderung versiegt war. Hingegen ich die Worte beibehielt und ihren Körper mit Zärtlichkeiten beredete, ja einfach schwärmen mußte, allein um sie, die Unbekannte, überhaupt fassen und vertragen zu können. Sie aber, inmitten der Umarmung, sagt sie plötzlich: »Ich bekomm Angst vor dir!« Weil ich ihr zu begeistert bin. Ich hör es kaum und könnt's auch gar nicht ändern, sie weiterhin mit Kosen das Fürchten zu lehren. Mit meinen Worten kam für sie ein heilloser Unsinn in den Akt, der nicht entstanden wär, wenn ich sie stumm beherrscht und wenn ich selbst nicht ein wenig Zuflucht bei ihr gesucht hätte. Man tauscht sich aus, man diskutiert, und ist man gut erschöpft, dann schläft man – schweigend aber – miteinander, still! Es ist ja nur die Fortsetzung einer leichten Sympathie mit anderen Mitteln. Merkwürdig: wie ich zuvor über ihre schwankende Stimme, so erschrak sie wohl später über den Wechsel meiner Sprache von Tisch zu Bett, von Meinung zu Geständnis, von Verkünden zu Flüstern, von Wissen ins Stammeln.

In Blönduos an der Nordküste von Island und im Hotel Blönduos, das keine Restauration besitzt. Nur in der Esso-Tankstelle gibt es etwas: ein kreidebleiches Hühnerbein in Gallert. Eine Straßenlampe, grau und klein, wie ein Arbeitslicht in einer Autowerkstätte, leuchtet vor einem eingeschossigen Haus mit zungenrotem Dach. Zwischen braun und grün schwankt das Meer, je nach Wolkenzug und Tiefe. Schmutziggrüne Wiesenhügel über dem Strand, auf denen die Lämmer weiden. Vier einsame Telegraphenmasten stehen dort, als hielten sie nur noch unter sich Verbindung. Eine leere abgeschlossene Schlinge, herausgerissen aus der Weltvernetzung wie dieser ungefügte Ort selbst, den es heimlich zu noch größerer Entlegenheit, noch höherem, aufzehrendem Norden hinzieht. Und immer dieses Licht einer künstlich angehaltenen Frühe, ungewiß ob der Frühe des Abends oder des Morgens, selbst noch um

Mitternacht am lavaschwarzen Strand unter lavaschwarzem Wolkenhimmel, wenn die Sonne durchbricht und rasch wie ein Suchscheinwerfer der Glorie über das öde Land wischt.

Hierher nach getaner Untat, nach einem Raub, nach einem schweren Verbrechen gegen die Menschlichkeit? Aufs Meer blicken heißt immer etwas erwarten; von irgendeiner Ankunft wird dauernd getuschelt, Schiff oder Treibgut, Kadaver, Nymphe oder Seeungeheuer – das Meer bringt es an den Tag. Es ist das Element, das gar nicht zuhören kann. Es ist das Sprechende alleine, ohne Urteil und Verständigung; ungehorsam, ohne Ohr für Erde. Es ist das Ganze einer Weise ohne Widerspruch. Die Erde liegt in einer hohlen Geste, gleich der Wölbung einer Frage, dem Wasser zugewandt. Das Fragezeichen hat den Umriß eines Ohrs. Das Ohr empfängt nur, wie der Schoß. Alle Formen sind geschlechtlich, spitz und rund, bis sie sich geistig ganz verflüchtigen: so dringt die Antwort männlich in den Frageschoß.

Hundertfünfzig Kilometer östlich steht in Akureyri, der Hafenstadt, eine alte Frau an der Rezeption des Edda-Hotels. Es ist ein Schulgebäude, das im Sommer zur Fremdenherberge umgerüstet wird. In allen Gängen riecht es nach Milchsuppe. Die Frau fragt das Mädchen hinter dem Empfangspult sehr vorsichtig auf deutsch, wie lange sie, sie und ihr Mann, der still die Treppe hinaufgegangen ist mit beiden Koffern, wie lange sie auf dem Zimmer bleiben dürften am nächsten Morgen . . . Das Mädchen antwortet schwerfällig, kratzt die Worte aus der Kehle: »Äh . . . bis halb zwölf Uhr.« Die alte Frau spricht nun weiter, betulich und behutsam, über die Umstände der morgigen Abreise. Wie lange Frühstück, wie denn hier ein Taxi bekommen? Das Empfangsmädchen krächzt: »Erste Straße links, zweite rechts.« Die alte Frau sagt: »Wir sind so glücklich, dieses Zimmer erlangt zu haben.« Um Deutlichkeit bemüht, wird ihre Ausdrucksweise aber nur gewählter statt einfacher. Sie faltet die Hände auf dem Pult und redet langsam fort, ein wenig verzückt, doch ohne Heucheltöne, so daß man sagen könnte, sie legt ihr ganzes Herz in diese überflüssige Unterhaltung. Glücklich seien ihr Mann und sie, da ja schließlich Saison und sie nicht angemeldet – »Saison?« fragt sie nach, unsicher, ob sie auch recht verstanden wurde. Noch einmal bedankt sie sich überschwenglich bei dem isländischen Fräulein, gleichsam als habe dieses ihnen höchstpersönlich und selbstlos die Gastfreundschaft gewährt.

Am nächsten Morgen findet man sie und ihren Mann, der am Abend sich nicht blicken ließ und gleich nach der Ankunft die Treppe hinaufstieg, tot nebeneinander, die schmalen Betten zusammengerückt, auf ihrem gelobten Zimmer. Sie hatten beide Gift genommen und lagen noch so wie sie gewartet hatten, Hand in Hand auf dem Rücken. Die kurzen schweren Krämpfe hatten sie ganz in der Mitte ihrer geflochtenen, beinah brechenden Finger ausgehalten. Nach allem anderen stellt sich heraus, daß eine tödliche Krankheit der Frau die beiden Alten zu diesem Schritt getrieben hatte, den endlich zu tun sie zuhause nie gewagt hätten, wo sie mit Tochter, Schwiegersohn und Enkelkindern unter einem Dach wohnten. So sterben sie auswärts, am Ende einer Islandfahrt, und hinterlassen wohlgeordnet Briefe, Gelder und einen ganz genauen Fahrplan ›Nach dem Ableben‹. Der alte Mann, der getreulich Folgende, sprach seit längerem nicht mehr. Es schien ihm nötig, nachdem die Verabredung einmal getroffen war, dem kein Wort mehr hinzuzusetzen und mit dem Schweigen unverzüglich zu beginnen.

Ein Trinker-Ehepaar im Kaufhaus *Quelle* steht in der Schlange vor der Kasse an. Der Mann hält sich grummelnd und zu Boden blickend an der Seite seiner Frau. Diese kneift mehrmals ohne äußere Veranlassung das rechte Auge kräftig zu, als teile sie mit einem Unsichtbaren ein frivoles Geheimnis. Die gestörten Nerven spielen ein kurzes, immer wiederkehrendes Programm. In geringen Abständen wirft sie, von einem automatischen Entsetzen angetrieben, knapp den Kopf herum und lächelt dann ebenso freundlich wie angstverzerrt in eine Richtung, wo gar niemand ist und woher auch kein Anruf an sie erging. Ein flatterhaftes Drama läuft über ihr gerötetes, gedunsenes, schuppiges Gesicht, ausgelöst allein durch das bedrängte Schlangestehen, die enge Stellung unter fremden Menschen. Das Lächeln, die Scherben eines Lächelns scheinen nach allen Seiten hin ein Zuviel der Bedrängung freundlich abzuwehren. Der Mund mit strahlender Grimasse entblößt eine von links nach rechts immer niedriger und löchriger werdende Zahnstummelreihe. Sie hat einen sehr großen zitronengelben Wecker eingekauft. Wozu sich wecken? Zum ersten Schluck? Ich stand vor dem Hauptausgang neben der Glastür und wartete mit einem unhandlichen Gartenmöbel auf einen Freund, der die übrigen Stücke brachte. Das Trinker-Paar kam eben heraus, als wir unsere Fracht zum Nachhausetragen uns aufluden. Da machte die Frau zu ihrem Mann die Bemerkung, daß es freilich besonders geschickt von uns sei, so dicht beim Ausgang herumzupacken. Obschon wir ihnen nicht unmittelbar im Weg waren, schien es ihr ausgesprochen wohlzutun, sich selber in der Ordnung und uns als Störung zu empfinden und dies auch festzustellen. Der Freund knurrte sie rüde an: »Halts Maul, alte Kuh.« Als ich dies hörte, war mir, als trete jemand einem Unfallopfer obendrein in den Bauch. Denn ich hatte mir ihren Schicksalsstreifen ja eine Weile angesehen und konnte nichts als Anteilnahme für sie empfinden. Als wir die beiden auf der Straße überholten, hielt die Frau ihren Mann an und sagte leise, als ginge da jemand Berühmtes vorbei: »Sagt der einfach alte Kuh zu mir!« »Wer?« fragte der Mann. »Na der da«, sagte die Frau und nickte zu uns hin. Nun hatte sie mit soviel vorbeugendem Lächeln und geisterhaftem Verbindlichtun alles um sich herum zu bannen versucht, was sie verletzen könnte, und dann hatte es sie am Ende doch noch schwer getroffen. Wirklich beschwert, nicht aufgebracht blieb sie stehen und wiederholte sich den Schimpf, und er kam ihr noch unerhörter vor.

In einem Film über einen Indianerstamm in den Urwäldern des Amazonas sehen wir eine Mutter nackt vor ihrem Kindchen sitzen, das unter fürchterlichen Bauchkrämpfen schreit. Die Mutter redet auf den kranken

Jungen ein, doch sie weiß sich mit nichts, sie weiß ihm nicht zu helfen. Da erleben wir mit einem Mal, welch ungeheures Gefängnis, welch qualvolle Ohnmacht es bedeutet, nicht zu wissen, was wir wissen, wir Überzivilisierte, um in Fällen der Not ein Menschenleben zu retten. Wir empfinden diese Zwangslage des Nicht-Wissens umso bedrängender und schier alptraumhaft, als ja die Gebärden der Sorge, der Angst, des Schmerzes den unseren vollkommen gleichen und wir eigentlich nicht fassen wollen, daß dieser vertraute Ausdruck im Inneren einer gänzlich anderen Vernunft zugeordnet sein soll. Einem genau begrenzten Bewußtsein, das mit wachen, ordnenden Augen blickt, die frei sind von Sehnsucht und Staunen, Argwohn und Zwielicht; einer Intelligenz der Jagd, des Glaubens und der lebendigen Gemeinschaft, die weder Habgier noch Eigennutz kennt. Und dann sitzt diese Frau im Gras und weiß sich nicht zu helfen, legt die über dem Feuer angewärmten Hände auf den Bauch des Kleinen, streicht warmes Tierblut darüber. Nur Wärme, das ist alle Medizin, die sie geben kann. Doch der Junge stirbt. Wir sehen seinen Hintern schon blaurot anlaufen. Da zieht ihm die Mutter noch einen schwarzen Pullover über, vielleicht das Wertvollste, was sie je erworben hat. Ihr Stamm nämlich beherrscht das Handwerk des Töpferns und tauscht seine Gefäße gegen mancherlei Zivilisationsplunder bei den Nachbarstämmen. Sie zieht den Pullover schon einem Leichnam an. Sie fleht das Kind an, etwas zu sagen, die Augen zu öffnen, das Geschrei wieder zu erheben. Nun weint sie lange und kneift dabei mehrmals die Augen fest zusammen, als presse sie die Tränen heraus. Wenig später wird der Tote in einem sehr flachen Grab draußen vor dem Dorf bestattet. Die Mutter läßt den Pullover an seinem Leib und gibt für die lange Reise eine Flasche Wasser zusammen mit einem Becher ins Grab. Als dieses zugeschüttet ist und alle anderen Frauen, die ihr nur bei der Beerdigung, nicht aber während der Todeskrämpfe des Sohns beistanden, gegangen sind, erfaßt sie vor der geschlossenen Erde den Verlust ihres Kindes und ruft es noch einmal jammervoll zurück. Am nächsten Morgen aber scheint die Trauer schon verflogen. Sie macht sich mit den anderen auf den Weg zu einem der Nachbarstämme, mit denen sie Geschäfte treiben, sieben Stunden wird der Marsch über den vom Regen verschlammten Urwaldboden dauern. Das tote Kind, einmal auf die Reise gegeben, gehört nun einer Sphäre an, an die der Lebende nicht rühren sollte und wohin auch kein trauerndes Andenken ihm folgen darf. Der Ritus erlöst mit einem abrupten, taufrischen Vergessen.

Und trauern nicht wir vor allem deshalb so langwierig und sentimental, weil wir ohnedies zutiefst allein sind und unsere soziale Bindung nie über die Zweier-Zelle hinausreicht, in der wir uns mit jedem Menschen gesondert abschließen: der Mutter, dem Vater, der Geliebten, dem Kind? Im Verlust *eines* geliebten Wesens bricht für uns die Welt zusammen und zeigt sich uns, in welch gesellschaftlosem Dasein wir stehen. Da gibt es keine lebendige Gemeinschaft, die unser Vergessen und unsere Tatkraft ganz notwendig braucht, um ihre Selbsterhaltung und die all ihrer Angehörigen nicht zu gefährden.

Ein amerikanischer Soldat, der 1949 desertierte, hatte sich fast dreißig Jahre lang in Westberlin versteckt gehalten. Seinen Unterschlupf fand er in der Wohnung seiner deutschen Freundin, die ihn auch versorgte und gegen die Außenwelt abschirmte. Bis sie starb. Nur das Fernsehen und die Erzählungen der Freundin vermittelten ihm Eindrücke von einer sich sprunghaft verändernden Wirklichkeit. Nicht einmal auf den Balkon hinaus hat er sich getraut. So wenig waren ihm die Alltäglichkeiten seiner Umgebung bekannt, daß er nach dem Verlassen seiner Klause, als er die Polizei anrufen wollte, um sich endlich als Deserteur zu stellen, mit dem Telefonieren in einem deutschen Münzfernsprecher nicht zurechtkam. Er wußte einfach nicht, wie man das macht. Er mußte es sich von einem Passanten zeigen lassen.

Der beruflich geschlagene Mann, die Frau und die Tür, die sich nicht mehr schließen läßt. »Bring doch endlich mal die Tür in Ordnung!« ruft die Frau. Des Mannes handwerkliche Griffe voll Mutlosigkeit an der Tür, sein abgründiger Trübsinn beim *Hantieren* an der Tür.

Er hockt mit an den Leib gezogenen Knien auf dem Boden, leicht auf dem Arschrund schaukelnd. Die Frau beugt sich zu ihm, aus der Fülle der Daseinsangebote eines herausdeutend mit ausgestrecktem Arm: »Und die Sonne?« Der Mann zuckt gleichgültig die Achseln und schaukelt ungerührt. Kein Verlangen.

»Die Welt steckt voller Geschehnis und ist vielleicht sogar im Umbruch. Und du tust nichts als blöde hin und her zu schaukeln.«

Der Mann und die Frau, beide Übersetzer aus dem Amerikanischen, leben in einer nahezu klösterlichen Abgeschiedenheit zwischen den allerdings hellhörigen Wänden ihrer kleinen Neubauwohnung, die vollgestopft ist mit Tausenden von Büchern, unzähligen Zeitschriften, vor allem Zeitschriften, denn Zeitschriftennarren sind sie beide und sitzen obendrein mehrmals am Tag vor dem Rundfunkgerät einander gegenüber, um Beiträge zu Politik und Geistesleben zu verfolgen, Nachrichten aus aller Welt, auch über Kurzwelle aus fernen Krisengebieten, und dies geschieht nach genauem Zeitplan und einer einmal wöchentlich aufgestellten Programmübersicht.

In dieser Höhle voller Zeitgeschehen, in der zwei so maßlos unterrichtete, zum Bersten überinformierte Köpfe sich kaum ausweichen können, entstehen nun nicht mehr jene Debatten und Streitgespräche, wie man sie sonst unter engagierten Menschen findet. Die beiden liefern sich vielmehr förmliche Weltbilder-Duelle, oder sagen wir besser: sie drehen sich geschwind im Tanz politischer Positionen, die sie wechselnd gegeneinander einnehmen. Hat *er* es sich einfallen lassen, die außenpolitischen Richtlinien der letzten Parteitagsbeschlüsse der KPdSU einmal kurz zu vertreten, so wird *sie* ihm heftig aus der Charta der Blockfreien zitieren oder im Geiste der islamischen Befreiungsbewegungen widersprechen. Nimmt er hingegen in Fragen der westdeutschen Ausländerpolitik eine liberale, integrationsfreundliche Haltung ein, dann wird sie ihm ein paar scharfzüngige konservative Seitenhiebe versetzen: »Wes Geistes Kind ist unsere Nation? Was werden die Lehrer wohl unterrichten in einer Schulklasse mit zwanzigprozentigem Ausländeranteil?« Wagt er es bei anderer Gelegenheit an die anarcho-syndikalen Restelemente des italienischen Faschismus zu erinnern, wird ihm eine erbitterte Lektion aus der Sicht des proletarischen Internationalismus erteilt. Malt sie sich in einer zerknirschten halben Stunde die Zukunft eines Atom-Sonnen-Staates aus, eines aus schweren Krisen und Prüfungen hervorgehenden Megaindustrialismus von nie gekannter Rücksichtslosigkeit, dann hält er vorsichtig dagegen die Entwürfe einer sanften Revolution, die Skizzen einer postindustriellen Dienstleistungsgesellschaft, in der die Mehrzahl der arbeitenden Bevölkerung in lebenshilfebietenden und freizeitgestaltenden Berufen tätig sein wird. Derart tauschen sie sich ab, tagaus tagein, wechseln zwischen links und rechts, einst und jetzt, zwischen Optimismus und Pessimismus ihre Positionen und nicht selten kehrt das heutige Argument des einen morgen als Konter-Argument des anderen wieder. In ihren Zwiegesprächen löst sich aller politischer Grund auf in eine Fülle von Szenarien und Konflikt-Modellen, mit denen man unerschöpflich spielen und sich gegenseitig reizen kann. Man könnte geradezu von einem l'art pour l'art des reinen Opponierens sprechen, wäre da im Kern des Ganzen nicht ein einziger Eifer, der beide antreibt – eine kluge, unerfüllte Liebe, stark wie am ersten Tag, die sich erhält und gedeiht bei zugezogenen Vorhängen, im erquickenden Strom der Informationen, im warmen Zuhaus der Weltbilder.

Die beiden Alten Schwestern sitzen nebeneinander vor ihrem Telefon. Der Mann der einen Schwester wurde ein weiteres Mal ins Krankenhaus gebracht. Unüberwindliche, unausschlafbare Lebensmüdigkeit. Das harte, beherzte Läuten des Telefons und dahinter diese so leise, klägliche Stimme des Alten Mannes auf seinem Krankenbett. Noch ein letztes Fern-Gespräch. Körperlos, nurmehr an einem Sinn hängt die Verbindung, dem Gehör. Schon das nächste Gespräch wird die Erinnerung sein. So, nach und nach den äußeren Sinnen der Schwestern entzogen, kehrt er ein in ihren Sinn.

Die mitsingende Lippe einer tanzenden Frau, die sich in der stilvollen Führung ihres Mannes zurückbeugt. Sie tanzen zu einem Schlager aus den Falschen Fünfzigern, dienstagabends im Resi, dem alten Berliner Vergnügungspalast, den unterdessen auch die Stahlbirne traf, nun dem Erdboden gleich. Der Mann erinnert sich kaum noch des Textes, brummelt hier und da mit im Refrain, während die Frau in seinen Armen beim Slowfox, tonlos und lippensynchron, das ganze Lied, wie ein Flüstern im Traum, wiederholt und jede Zeile noch auswendig weiß. Doch wem wendet sie sich zu bei dieser Erinnerungsmelodie? Sie wiegt eigenwillig den Kopf und blickt hinaus aus dem Paar, wiedersehensbleich, in die Ecken des kalten Saals, der sich um sie dreht. Es gibt kein gemeinsames Erinnern.

Dienstags im Resi. Wie traurig, ein so leeres und kühles Ballhaus, das doch allein den Massen gehört und nur vom Trubel der Massen geheizt werden kann. Nun kommen sie nicht mehr. Aus dem Rohrpostschacht am Tisch des einsamen Gastes aus dem Seniorenheim zog es, zog es wie Hechtsuppe, da dachte er schon einmal: es wird doch nicht das Dunkle von unten sein, das dich hier absaugen will, klammheimlich. Dann schoß aber eine Schatulle hervor aus dem Rohr, und er öffnete sie mit wackligen Fingern, und ein Briefchen war darin. Stand aber etwas auf norwegisch oder schwedisch darauf, Tisch 261, dort hätte er sich vorstellen sollen oder per Anruf durchs Tischtelefon sich dort melden. Aber skandinavisch? Versteht er doch gar nicht. Eine Touristengruppe mit Damen und Herren aus Skandinavien, die sich noch einmal das alte Resi, unseren schönen Vergnügungspalast, zu Gemüte führen wollen. Und schicken ihm ein Briefchen, aber er versteht's nicht und rührt sich nicht. Aber gefreut hat es ihn.

Ein anderer Herr aus dem ›Ruhesitz am Zoo‹ hat sich mit solcher Post einen Platz am Tisch zweier älterer Damen erobert, zwei Freundinnen aus Brix, ein bißchen schniek, ein bißchen gernejung herausgeputzt, mit ihren weichen, hochhackigen Stulpenstiefeln, die sie an den mageren Beinen tragen. Sie sehen schon, wen sie sich da geangelt haben: Wieder mal ein Witzbold! Aber besser immerhin als der stumme Stehkragen neulich im Kempinski oder der ewige Nörgler aus Potsdam.

Dieser hier ist ein Muntermacher, ist einer von jenem

deutsch-wohlgelaunten Schlag wie er in jedem Kreis, gleich ob alt, ob jung, in fast jedem Büro, in der weiteren Familie, auf jeder Gruppenreise, ja bereits in jeder Schulklasse anzutreffen ist. Ein solcher Charakter ist bis jetzt noch ausschließlich unter Männern weit verbreitet, ja gäbe es dereinst nur noch ein letztes, schon ganz verkommenes Reservat der Männlichkeit und der männlichen Eroberungsgebärde, dann wär's vielleicht dies traurige Geschick, ein Witzbold aus Manie zu sein. Obgleich ihn selten jemand wirklich anziehend findet als Person, geht doch von ihm stets eine ernsthaftere Wirkung aus, als sein platter Ulk und das Gelächter in der Runde vermuten lassen. Wir sind uns weder seines Antriebs noch seiner Stellung in einem kleinen Kreis je ganz sicher. Zunächst scheint er gleichsam den banalsten Typ des Außenseiters vorzustellen: einen, mit dem jeder einverstanden ist. Ein Getriebener zur Mitte hin, der aus besonders schwerer Isolation heraus sich in den Mittelpunkt setzen muß, der seinen abartigen Mangel an geselliger Beziehung ausgleichen muß durch einen wilden Überschuß an dummem Zeug, das verbindlich reizt und prompt gefällt. Solange er die Runde unentwegt erheitert, wird sich keiner fragen, woran's dem Spaßvogel fehlen, woran er krank sein sollte. Und doch ist sein unablässiges Witzereißen keine geringere Raserei als schrie jemand oder stammelte verrückt. Nur: da sie auf dem Gemeinplatz tobt, kann sie sich in jeder ordnungsliebenden Gesellschaft halten, denn Lachen ist immer gesund. Für jemanden aber, der etwas von außerhalb und unbeteiligt den Mann beobachtet, treten die Züge einer gescheiterten, einer zutiefst gegenstandslos gewordenen Besessenheit hervor. Dem erscheint er auf einmal als ein vollkommen ins Durchschnittliche verunglückter Künstler. In seiner gefallsüchtigen Art parodiert der Alleinunterhalter unsere Einsamkeit auf das gröblichste. Zugleich erkennen wir seinen ausweglosen Zwang zum Witz und spüren, manchmal fast beängstigt, wie besinnungslos allein der ist. Die Rolle, in der er sich aufdrängt, hat im übrigen für seine Zuhörer nichts Begehrenswertes und auch nichts Verpöntes. Sie möchten weder in seiner Haut stecken noch diese ihm über die Ohren ziehen. Keiner, der ihn nicht heimlich als den armen Wicht durchschaute, der er ist, und doch übernimmt er für die anderen mitunter eine ganz bedeutungsvolle Aufgabe. Er ist zum Beispiel in einer Gruppe, die sich grad erst bildet, meist die Type, die als erste deutlich wird; er kann nicht anders: er muß sich hervortun. Doch ist er selten dann auch der, dem man Gefolgschaft leistet. Durch seine Witze formt er lediglich bei den Versammelten die Bereitschaft aus, daß alle auf den einen hören. So geht hier gewissermaßen der Narr voran und ruft den König erst auf den Plan. Der seriöse Anführer stellt sich gegen den heraus, der bloß die Sprüche klopft, die Stimmung hebt und der im Ernstfall ganz gewiß nichts weisen kann.

Der bejahrte Witzbold nun im Resi ist eher der Typ, der sich gern reden hört, ein Humorist und Aufschneider dazu, der nicht zuletzt auch für sich wirbt: daß man sich auf seine alten Tage mit ihm gewiß nicht langweilen würde. Wie von einer Kleinkunstbühne herab unterhält er seine beiden Damen, erzählt ihnen, daß er trotz seines Ruhesitzes hin und wieder als Kaufmann nach Westdeutschland reise und was ihm dabei nicht alles zustieße. Erst kürzlich sei er in Frankfurt – »im Bankenviertel« – zusammengeschlagen worden, er mit seinen nunmehr 68 Jahren! Aber da er *einmal* Judo erlernt hatte, wußte er sich *immer* zu verteidigen. Auch dieses Mal, als er schon zu Boden lag und die Kerle auf seine Oberschenkel trampelten: »Das macht ja Spaß, wissen Sie, so auf den Schenkeln herumzuspringen.« Da teilte er einen Handkantenschlag aus und einer der Kerle fiel der Länge nach von ihm ab. »Dann bekam ich es auf die Nase. Ich will damit keineswegs das Aussehen meiner Nase entschuldigen und auch diese Tränensäcke hatte ich schon, bevor ich verprügelt wurde.« Es gehört zu den Unarten des miesen, abgetakelten Conférenciers, daß er sich allzu ausgiebig mit der eigenen Person beschäftigt und seine Sprüche stets mit Ich beginnt. An einen solchen erinnerte der Kaufmann jetzt und die beiden Damen zögerten, ehe sie ein wenig betreten, gnädig kicherten. Und als er unverdrossen weiterspaßte, da zeigte sich immer deutlicher: es war überhaupt nicht sein eigenes Programm, das da ablief, nicht einmal das Ich war er selbst, sondern vielmehr gehörte es irgendeinem Entertainer, den er nachzuahmen gezwungen war, nicht einen, den man aus dem Fernsehen kannte, nein von viel früher klang das herüber; von einem Komiker vielleicht auf dem Frontheater, den er in einer Gefahrenstunde einfürallemal erlebt hatte, den er *einmal* gehört und seither *immer* auf der Rille hatte. Da er sich des Komikers *Art* zu eigen gemacht hatte, war es nicht mehr schwierig, selbständig die ähnlichen Witze zu erzeugen. So gab es in seinem Leben kaum jemals Schläge, die er nicht mit dessen Schlagfertigkeit hätte abfangen können. In einer winzigen Bemerkung, die anders unwahrhaftig klang als alle übrigen, blitzt auf einmal die Spaltung, die Doppelrolle hervor. In Frankfurt war er nämlich zu zweit in Geschäften unterwegs, als »Ich und mein Vertreter«. Diesem hatte er am Taxistand den Vortritt gelassen, und indem jener auf den nächsten Wagen wartete, war er eben überfallen worden. Wer's glaubt, wird selig, lächelten die beiden Damen mild.

Im Bürohaus gegenüber bleibt die dritte Etage hellerleuchtet bis tief in die Nacht. Hier wird heute ein Geburtstag gefeiert. Die Angestellten, die sich sonst die Papiere, die Computertabellen mit spitzen Fingern reichen, liegen einander in den Armen, schwanken zusammen oder tanzen auf engstem Raum, welcher noch ganz mit dem Mief ihrer Arbeit angefüllt ist.

Wieder, genau wie vor einem Jahr, wird heute ein Geburtstag gefeiert gegenüber in der dritten Etage des Bürohauses. Wie kann man nur bis ein Uhr nachts ausgerechnet in seinem Büro herumlumpen, in dem man sich morgen in der Früh schon wieder griesgrämig zur Arbeit niederläßt? Eben gerade! Man will einmal im vollen Zug genau den Tisch beschmieren, auf dem man sonst die sauberen Tabellen hin und her schiebt.

Ein abgelenkter Blick ins Herz. In einem Café schreibt ein Mädchen einen Brief. Wenn sie zuweilen aufschaut, sitz ich, es ergibt sich so, in ihrer Richtung. Wenn sie zum Nachdenken den Kopf hebt, sind da, wo sie ihre Gedanken sucht, meine Augen, und sie sieht zu den Gläsern meiner Brille hinaus.

Oben beim Lächeln haben wir, die beiden Geschlechter, noch die gleiche Chance. Darunter die Ungleichheit des Leibs, das eine Zerwürfnis. Daß aber das Lächeln die höchste soziale Errungenschaft unseres stummen Körpers ist . . .

Da traf ich dieses junge Mädchen. Ein wenig überfordert von seiner Schönheit, starrte ich häufig zur Seite oder auf die eigenen Hände. Ich ließ das Mädchen reden, drei Stunden bald, und hörte zu, wie es einfältig und verwöhnt, lebhaft und rein seine unerfahrenen Ansichten ausbreitete und ahnungslos blieb in seiner ganzen Anlage. Ich erfuhr, daß einer wunderschönen Zwanzigjährigen auf dieser Welt nichts ein größeres Interesse abverlangt als das eigene Befinden und seine geheimnisvollen Schwankungen. Erst vergangene Woche sei ihr Selbstbewußtsein, plötzlich und grundlos, enorm gestiegen. Gestern noch zog sie für sich singend durch den Supermarkt. Man sieht sich, aus fast zwanzigjähriger Entfernung, die Nachgeborene als ein Prinzeßchen auf der Erbse an. Man nickt, man lächelt matt und denkt doch nur: die möcht ich mir verderben. Nun ist diese Junge zwar ahnungslos, doch vor Verführung, Einfluß, Kopfverdrehn schützt sie der blinkende Schuppenpanzer des Narzißmus, so daß sie, die so wenig zuhören kann, auch keinem hörig wird. Wer schon genügend Freude an sich selber findet, der hat die aus Gier gemischte Neugier nicht, die in diesem Alter die Verführung zum Bewußtsein erst ermöglicht. Im Kino mag sie nur lustige Filme. Ihr Berufswunsch: Filmregisseuse; in jedem Falle aber eine leitende Position, ganz gleich wo. Sie erinnert mich an eine kalte Reine in einem Buñuel-Film. Sie sagt indessen: »Buñuel? Nie gehört.«

Als sie mich anrief, da war es nicht zu überhören: die hat etwas, dessen sie sich nicht zu schämen braucht. Ein helles Lachen am anderen Ende sagte doch ganz deutlich: wenn du mich sähst, gewiß würdest du es nicht ablehnen, dich mit mir zu treffen ... Wie sollte man es auch nicht an der Stimme hören, ob jemand eine geschmähte und geduckte oder eine verwöhnte und umworbene Person ist? Ich erinnere mich, daß sie mir erzählte, wie sie mit Vierzehn einen Wunschtraum sich gebastelt und aufgeschrieben habe – eine Einschlafgeschichte, in der sie erschien als »unheimlich tolles Mädchen, also nicht ich, ein unheimlich schönes Mädchen, das alle Jungens ganz aufreißend(!) finden« ... Ein Versprecher? Ein Verschnitt von aufregend, reizend, aufreißen? Ich hatte jäh das Empfinden, durch den Spalt des Versprechers ihre Unberührtheit erblickt zu haben. Ich mußte etwas sagen, doch es verrutschte zu einem albernen Kompliment: daß sie schön sei, müsse sie sich wahrhaftig nicht erst zurechtträumen. Dabei lief ich rot an. Sie hatte, was ich sagte, wohl nicht richtig verstanden. Oder mein lüstern verlegenes Gesicht empfahl ihr, diese Bemerkung schnell zu übergehen. Am Ende lud sie mich zu einem gemeinsamen Schlittschuhlauf. Ich sagte zu, denn ich wollte sie wiedersehen. Aber ich weiß, daß ich nicht mehr schlittschuhlaufen kann. Es ist noch nicht lange her, da mußten mich einmal fünf Kinder an den Armen von der Eisfläche ziehen, da ich mich nicht mehr aufrecht auf den Kufen halten konnte.

Sonnig ist es und schon sommerlich warm in diesen späten Apriltagen. Ins Lokal kommen die Häusermakler mit ihren im Bräunungscenter vorgefärbten Damen. Einer setzt sich mit seiner Begleitung, einer Schönärschigen, etwas entfernt in einer Nische zu Tisch. Ihren Mantel aber hängt er hinter meinem Stuhl an den Haken. Als er zurückgeht, sagt er leise zu mir, alleinsitzend am Katzentisch der Paarwelt: »Gell, Sie passen ein bißchen mit auf ihren Mantel auf!« So seh ich also aus! Daß man es wagen darf, mich zum Hüter der Garderobe dieser verdorbenen Gesellschaft, dieser Bande zu bestimmen. Und obendrein noch glaubt, man gönne mir was, Brosamen vom Frühlingsglück, indem man mich in eine vertrauliche Beziehung zu dieser verehrungswürdig ordinären Schönheit, zur Christa Kallipygos, verwickelt. Sie trägt einen Dark Mink, den schwärzesten unter den schwarzen Nerzen.

Mutter, Tochter und deren Arbeitskollegin versuchen beim Abendessen zu ergründen, weshalb sie einer solch unmäßigen und dabei doch gänzlich lustlosen Freßsucht erlegen sind. Die Tochter erklärt: Sie könnte nun eben nicht anders. Acht Stunden sitzen im Büro, abends zu müde, um noch zu marschieren, dann essen, dann Fernsehen, dabei wieder essen: Naschen! Tja. Das normale Leben. Sie und ihre Schreibtischkollegin hätten schon mal eine Kur zusammen gemacht, da viel Bewegung, Diät auch, ja, aber binnen eines Jahres sei alles wie umsonst gewesen. Tja. Da sei wohl nichts zu machen, das normale Leben. Wider besseres Wissen essen sie immer zuviel. Krankheiten? Ja, auch Krankheiten. Die Füße, das Herz. Zuwenig Bewegung eben. Die Tischkollegin (im Einwohnermeldeamt) sagt: Vor einem Jahr solch einen Wacker von Gallenstein herausoperiert, aber der sei wohl nicht vom vielen Essen gekommen. Sonst kann sie nicht klagen. Ich sitze irgendwo und schon esse ich. Tja, friß die Hälfte. Man nimmt's sich immer vor, aber durchhalten, durchhalten! Abends komm ich nach Hause, dann essen die beiden Eltern viel und dann kann man nicht dasitzen und nichts essen, dann heißt es: iß doch, es ist doch so gut, es schmeckt ja auch, und übrigbleiben soll auch nichts. Ich will mal sagen, für mich allein, da würde ich's schon schaffen unter die 70 Kilo zu kommen, wie ich's schon mal hatte auf der Kur, da war ich ja auf Diät. Aber zusammen, bei mir zu Haus, oder mit euch hier, da schaff ich es nicht. Die Mutter sagt: Durchhalten, durchhalten, das ist halt so schwer. Ein Mal, zwei Mal, mein Gott, das geht schon, aber durchhalten!

So hört man sie während des Essens unablässig und selbstquälerisch über die Schäden des übermäßigen Essens reden. Eingekrümmt in einen ungeselligen Lebensraum, geplagt von einseitigen, törichten Schönheitsidealen, verspottet von ihrer in der Mehrzahl mageren

Umwelt, verwünscht von ihren Ärzten im Namen einer fragwürdigen Diät-Medizin, verschwindet an diesen dicken Esserinnen alles, was man festlich oder gewaltig nennen dürfte. Ihre Ausschweifung, ihre Völlerei entbehrt des Glanzes und der Machtentfaltung. Sie erschleichen sich etwas Verbotenes, sind hemmungslos in ganz geduckter Haltung. Statt sich in ihrer Fülle aufzurichten, ihre breiten Formen, die so leicht mit Lust und Stolz zusammengingen, darzustellen, kauern sie an ihrem Tisch und üben Selbstverachtung, die nur hin und wieder durch einen Schub Gleichgültigkeit unterbrochen wird, ein Achselzucken, ach, was soll's, wenn sie sich noch einen Seidenkloß auf ihren Teller rollen. Es schmeckt so gut – und macht doch keine Freude.

Die Kostümbildnerin L. erzählt von ihren Reisen nach New York und Tokio. Eigentlich aber bewegt sie die Frage, woher Frauen, künstlerisch tätige, ihre schöpferische Kraft (»Kreativität«) beziehen. Sie sagt, ihre Mutter habe mit Zweiundzwanzig das erste Kind bekommen. Dies, so die Mutter, habe ihr die eigene Kindheit geraubt, gelöscht. Sie habe von nun an keine Hemmung mehr gekannt, auf ein Amt zu gehen, einkaufen zu gehen. Diese Hemmung aber vor fremden Autoritäten hatte sie bis dahin begleitet und noch als verheiratete Frau wurde sie zum kleinen Mädchen, wenn sie bloß einem angestellten Verkäufer gegenüberstand, der doch in unserer Zeit kaum noch etwas von den öffentlich lüsternen Geschäften der Märkte an sich hat. Jedoch für sie war jeder Mann *hinter* dem Ladentisch ein heimlicher Inhaber, Besitzer, ein Mächtiger eben, den man um etwas bitten mußte. Beim Bezahlen war es ihr jedes Mal, als gäbe sie den heißen Schatz des Ersparten hin und nicht das nüchterne, flüssige Tauschmittel ihrer Büroarbeit.

Nun hatte das Kind sie von solcher Untüchtigkeit mit einem Schlag befreit, hatte ihr aber angeblich auch die eigene Kindheit entwendet, wie es die Mutter der Tochter, nämlich L., in späteren Jahren ausdrücklich gestand.

Aber die Kindheit geraubt, so meint L. nun, das hieße doch: den Nährboden der Erinnerung zerstört. Und ohne Erinnerung sei keine Kreativität. Ich wußte auf der Stelle nichts zu erwidern; doch L.s kurzschlüssige Folgerung war ein Eingang zu einem längeren Vermuten und ließ mich für eine Weile nicht wieder los. Es fiel mir ein, welch übertriebene Unlust, ja düstere Langeweile ich oftmals empfand, wenn Frauen (waren es immer Mütter?) mir von irgendwelchen Kindheitserlebnissen berichteten. Nicht nur waren ihre Erzählungen in der Regel blaß und wenig anschaulich, es fehlte vor allem jene nachbebende Lüsternheit, mit der ein Mensch etwas eigentlich Verlorenes zurückruft, es fehlte jene Erregung oder jene schmerzliche Pointe der Vergegenwärtigung, durch die ein anderer, ein Zuhörer, sich für den erzählenden Menschen im *Ganzen* zu interessieren vermag, da er ein flüchtiges sentimentales Detail aus einer fremden Vergangenheit kaum nachvollziehen kann. Die Frauen, die sich vor mir erinnerten, taten dies nicht im Sog eines Verlustempfindens. Wohl erinnerten sie sich schnell und haargenau an dies und das von ehedem – ja, das war es vielleicht: sie erinnerten sich *an* etwas, sie erinnerten es nicht und entsannen sich nicht – aber es blieb dann bei einem flachen, eher anekdotischen Erwähnen, unaufgewiegelt, ohne Fond und Strom.

Hat man wirklich den Frauen die Macht des Erinnerns gebrochen? Und waren es die geborenen Kinder, die das taten?

Die Männer sammelten in den Jahren der Reife ein mehr oder weniger großes Erinnerungsvermögen an. Bei den Frauen schien wenig hinzu-, wenig jedenfalls wieder heraufzukommen. In der traditionellen Familie, in der ihr der Hauptanteil an Erziehung und Besorgung der Kinder zufiel, war ihr Blick gewöhnlich nach vorn gerichtet und nach jeder Seite hin wurde ihr jenes Übermaß an Selbstlosigkeit abverlangt, das inzwischen von einem veränderten Gesellschaftsleben genügend verurteilt und zu Teilen aufgehoben worden ist, ohne daß freilich gewisse Gemütsansprüche und tiefere Befangenheiten sich ebenso zügig hätten reformieren lassen. Die Selbstlose war aber auch notwendig die Erinnerungslose, nur der Egozentriker erinnert sich stark. Weit davon entfernt, sich durch sein Kind die eigene Kindheit antasten zu lassen, besitzt der Mann in seinem Sohn gewiß mehr noch als in seiner Tochter das Zeug zur schönsten Selbstbesinnung. Ich weiß wohl noch, mit welch sonderbarer Lüsternheit der Vater versuchte, mir, dem Sohn, seine frühen Erinnerungen, seine verlorene Zeit einzupflanzen, indem er sie heftig diktierte. Er konnte mich abhören über *seine* Jugend. Ich mußte ihm erzählen, wie *er* mit seinen Brüdern Ruderboote zimmerte, wie *ihn* sein strenger Vater aufnahm, als er das erste Mal betrunken nach Haus kam. Es war ein ausgesprochen autoritäres Erinnern und oft hatte ich das Gefühl, er wollte mich hierdurch von der mütterlichen Sphäre der Fürsorge und der täglichen Zuversicht abwerben und ich sollte mit ihm zurück in *seine* Vergangenheit, wo wir beide glücklicher wären. Sein Erinnern war selten lieblich oder gelassen; meist war es aufsässig. Es überkam ihn stärker, als daß er's verfügen konnte. Es waren Zustände, Aufbäumungen des Gewesenen gegen die Ketten eines engen, verarmten, ausgereiften Lebens, das alle Erwartungen, so oder so, erledigt hatte. Es verband sich mit einer zweifellos reaktionären Abwehr der ihn umgebenden Verhältnisse. Und das begriffslose Kind erfuhr durch das herrschaftliche Temperament des väterlichen Erinnerns früh, allzu früh von der Kritik und dem eigentlichen Mangel der zuhandenen Wirklichkeit, deren reichliche Verlockungen es sich doch gerade erst zu erschließen begann. Es erfuhr auch von der notwendigen Kraft, nicht einverstanden zu sein und den Mangel zu erkennen, um dagegen schöpferisch tätig zu werden. Im Ursprung der sentimentalen Kritik waren Sehnsucht und Erinnerung, Hoffnung und Heimweh noch in einem Glutkern miteinander verschmolzen. Später erst sonderte die abkühlende Vernunft die Elemente einer sozial-aufklärerischen Vorwärts-Schau von denen eines vernunftwidrigen, ›kranken‹ Rückkehrdrangs – eine vielleicht niemals wahre Scheidung.

So war Erinnern nicht nur tatsächlich eine Technik männlicher Kreativität, es war auch das Privileg der männlichen Vorherrschaft in der Familie. Der Geist der Herkunft wurde in erster Linie vom Vater dargestellt.

Aber gab es nicht in so vielen Lebensgeschichten die

Großmutter, die erzählende Alte, die dem Kind zuerst die Zeit vertiefte und in vollem Zug Vergangenheit ausschenkte? Waren es nicht die Alten Frauen, die sich erinnerten? Abgesehen davon, daß nur die wenigsten von uns, die hierzulande in den Schrumpffamilien aufwuchsen, eine solch erzählende Großmutter bei sich hatten, waren es ja auch Geschichten, überlieferte oft mehr als selbsterlebte, die sie vortrugen, und es fehlte doch die subjektive Emphase, die leidgeborene, ›kranke‹, mit der der Vater in seinen ›besten Mannesjahren‹ sich erinnerte.

L. sagt: wenn ich heute meine Mutter und ihre Schwester höre, beide über siebzig, und nun wieder zusammengekommen, nachdem eine jede ihren Mann überlebt hat – was erinnern die schon aus ihren Mädchenjahren? Wie ein Wollstrumpf kratzte. Wo man am liebsten die Ferien verbrachte. Aber da streiten sie sich schon, ob es bei dieser oder jener Tante war. Erzählen tun sie nichts. Das Damals ist nicht ihr Lebensgrund. Die Erinnerungen erwischen nur die vordersten Zipfel, nur das Band eines Wollstrumpfs – wo ein ganzer erotischer Kontinent abgerutscht, versunken, unter Eis gepackt ist.

Nicht für eine Frau gibt es »Das letzte Band«. Für eine Frau gibt es »Glückliche Tage«. Ewigkeit ist das Reich der Frauen. »Wieder ein himmlischer Tag!« sagen sie, wenn auch nur noch mit der Hälfte des Lebens über der Erde.

So war es einmal. Wie wird es künftig sein, wenn die Mütter sich zu erinnern beginnen?

Pina Bausch, Keuschheitslegende. Etwas flach vielleicht, doch monoton bis zur Klarheit der Verzweiflung wird auf diesem Tanztheater aufgeführt: wie es im angeblich natürlichsten Bereich, der dem Menschen noch verblieb, dem puren Paarungsakt selbst, von falschen Faxen und Formen, von Nummern und Stilen, von *Gesellschaft* nur so wimmelt. Für den Immergereizten gibt es keine Erfüllung.

Die menschliche Sexualität ist eine Sisyphosiade, ein Impotenz-Traum. Unentwegt strebt sie einem Höhepunkt von *Natur* entgegen, zu dem es uns hinaufzieht mit Versöhnung versprechender Kraft. Jedoch den Höhepunkt seiner Natürlichkeit zu erleben, ist dem Mängelwesen nicht verstattet: es erreicht ihn nie. Oder etwa in der kurzen, eine halbe Sekunde währenden Bewußtseinstrübung auf dem Überroll des Orgasmus? Und wenn es, wie die meiste Zeit, zur glücklichen Ohnmacht nicht langt, die Seligkeit zwei Zentimeter flacher ausfällt? Das Glück schafft Maßstäbe und Werteskalen, das Relative ist immer zur Stelle und erkennt keinen wirklichen Höhepunkt an. Auch daher das schallende Gelächter des Teufels, das, einem alten Wort zufolge, nach jedem Beischlaf uns verhöhnt.

Nein, wie frei wir's auch anstellen mögen – außerhalb der Liebe! –, wir werden immer gesellschaftsfähig bleiben, und solange wir *Liebe machen*, werden wir ein kultiviertes, ein Serien-Produkt herstellen. Ars amandi oder Joy of Sex: wir entkommen den Formen nicht, den Werten, den Regeln, der totalen Kultur. Mithin ist es gewiß befriedigender, dem Liebemachen mit formvollendetem Bewußtsein entgegenzutreten, anstatt es mit der gewaltsamen Sehnsucht nach *reiner* Sexualität zu belasten, die im Bilde ihres Wahns nur die Liebe selbst erfüllen kann.

Botschaft eines Kambodschaners an seine Frau, bevor er von den Roten Khmer hingerichtet wurde:

»Ich liebe dich, aber du wirst es nie erfahren.
Denn du bist ein Stern, und ich bin nur
ein Erdenwurm, der zermalmt wird.«

Denn der Staub ist dunkel und das Schicksal versagt mir den Stolz des tapferen Kämpfers, der, deiner Liebe würdig, untergeht. Als Opfer, als einer, der aus seinem Haus gefangen wurde, bin ich so verschwindend und unbedeutend, daß du mich in der Reihe der Opfer nicht einmal wiedererkennen würdest. Ich schäme mich, daß ich, dein Mann, ein solch Unbekannter und wahllos Gegriffener der feindlichen Mordmaschine bin. Mein Tod ist eine klägliche und unentschuldbare Verfehlung in der großen und grenzenlosen Geschichte unserer Liebe. Du Überlebende bist unendlich über mir; dem Nichts, dem Erdenwurm erscheinst du wie ein Stern. Der Stern wird von der Liebe des Nichts nie erfahren. Und doch ist sie ewig, denn diese Botschaft besitzt die allmächtige Kraft dessen, was ein Mann zuletzt gesagt hat.

Ein Film über eine Hausfrau, die an Gehirntumor sterben wird. Die von einer bedeutenden Schauspielerin dargestellte Geschichte einer Krebskranken verzichtet auf jede Schonung des Gemüts, auf die bekannten Effekte der Bewußtseinsbildung durch Emotionsverknappung und auf all die verleumderischen Rücksichten eines sozialen Heilsgedankens, wie wir sie wohl zur Genüge kennen aus unseren in ihrer ästhetischen Moral und Ausdruckswelt gänzlich heruntergekommenen Fernsehfilmen. Dort wird noch die größte menschliche Katastrophe endlich durch das Nadelöhr der ›Frage nach den gesellschaftlichen Ursachen‹ gepreßt und darf in einem fadendünnen Trost auslaufen. Hier hingegen geschah nichts, was uns aus der unmittelbaren Anstrengung des Gefühls entlassen hätte. In einer schweigsamen, frontalen Bewegtheit entfaltete das Spiel der Krankheit seine beinahe antikischen Züge von Unheil und Unausweichlichkeit mitsamt den grausamen Tricks der Hoffnung – ein namenloses Drama, das den freundlich hilflosen Figuren einer schwedischen Durchschnittsfamilie seine Schreckensmaske aufgedrückt hatte. Seltsam aber dabei: zu spüren diese Erschütterung, Furcht und Grauen des *Zuschauers* als die antisexuelle Regung schlechthin – oder muß man im Gegenteil sagen: die zutiefst konsexuelle? Als Zuschauer miterleben, wie ein Mensch durch sich selbst stirbt, das Weinen, die Rührung, die erfüllte Tiefe, das Letzte – ist es nicht das, was wir von der radikalen Umarmung erwarten, der eigentliche *Geist* der Sexualität, die Trauer der Lust? Jedoch eine solch mächtige Ergriffenheit wird uns stets nur der Schmerz gewähren, nie die Freude, die uns so sehr viel oberflächlicher beschäftigt. Der Tod des anderen, der jämmerliche, unschuldige, alltägliche ist unser ganzes Herz. Wir begehren diesen Menschen in Mitleid, in Mitleid erigieren wir. Er stirbt und wir erleben einen Orgasmus der Schmerzen, Aufbäumung und Verschüttung.

Alle wirklich großen Anmutungen scheinen Emanationen jenes zentralen Gefühls für den Tod zu sein. Selbst das Glück ist nur dann etwas wert, wenn wir spüren: es kommt nicht von oben; es erhebt uns zwei Fußbreit über die zitternde Leere.

»Nur wir«, sada kichi futari/Sada und Kichizo, nur wir: diesen Schriftzug hat die Prostituierte in Oshimas Film ›Im Reich der Sinne‹ ihrem getöteten Liebsten in den linken Oberschenkel eingeschnitten. Sie hat ihn in Liebe erwürgt und ihm Penis und Hoden vom Leib getrennt. Vier Tage irrt sie darauf in euphorischem Wahn durch Tokio und trägt das Geschlechtsteil ihres Herrn um den Hals. »Nur wir« heißt diese große Geschichte. Und sie ist es in dem Maße, als sie ohne schmückende Handlung uns in die Klausur einer radikalen Liebe einbeschließt, in der unserer korrupten Sexualität, die zwischen beliebigem Konsum einerseits und häuslicher Frustration andererseits stets ihr Wesen flieht, eine gestrenge Lektion der Lust erteilt wird. Indem Sada und Kichizo, die Dirne und der Herr, sich in eine Ort, Stand und Stunde auslöschende Liebes-Isolation begeben, erinnern sie jeden von uns an die Früh-Zeit eines Verliebtseins, wann immer es gewesen sein mag, an die grenzenlose Versprechung der Ersten Runde. Was im Film extrem erscheint, ist jedem bekannt als der rauschhafte Beginn einer großen Begegnung: ausschließlich sein, die eigentliche asoziale, d. i.

ekstatische Auflehnung gegen den mäßigen Betrieb des Alltags und der Arbeit, an dem das permanente Versteck der Liebeskörper und das zeitraubende Verlangen Sabotage verüben. Jedoch mit der Ersten Runde ist für die meisten Leidenschaftler der äußerste Umfang des Verfallenseins bereits durchmessen. Was folgt, nimmt ab. Der Rausch übersteht nicht die Einfügung in das soziale Leben. Gleichwohl hat dieses ihn eigentlich produziert, hat sich des gesellschaftswidrigen Lockmittels der Leidenschaft bedient, um ein weiteres Partikel fest zu binden. ›Im Reich der Sinne‹ aber herrscht eine Art Generator, der durch physische Reibung immer neue Ströme des Begehrens erzeugt, ein Konstruktivismus der Lust, der nur Wachstum, Steigerung und Übersteigung kennt. Es bleibt bei dem asozialen, hermetischen Ritual, und es ist kein leichtsinniges Spiel darin, keine Erinnerung, keine Ironie der Reize, auch wenn der Mann Kichizo zu Anfang häufig lachen muß ob der Macht des unablässigen Begehrens, auch wenn das *bekannte* Grinsen der Gier der Frau Sada bis zum Ende nicht von den Lippen weicht. In der Isolationshaft der Lust gibt es keine Verworfenheit, keine Reibung an äußeren Widerständen, nicht den Schmutz irgendeiner Ablenkung, keine Biologie und schließlich kein Essen, keine Träume, keine Arbeit; der Purismus des sexuellen Tauschs ist total. Und da kein anderes Lebewesen auf Erden zu einer solchen sexuellen Verschwendung und Autonomie die natürlichen Anlagen besitzt, ist der Film zugleich auch ein elementarisches Lehrstück über ein Grunddilemma der menschlichen Gattung. Denn, wie gesagt, ist die Lust zur immerwährenden Lust lediglich eine Konstruktion der Sinne und erzeugt in Wirklichkeit kein ausgeglichenes System, durch das der Liebesvollzug seine Befriedigung in der unendlichen Wiederholung fände. Auch hier ist das Ende der Motor aller Dinge. Wohl scheint es, als würden Liebe und Gier unmäßig ins Ausweglose hinaufstreben, so daß nur der Tod, der restlose Verzehr der Sinnenbeute als letzte Steigerung übrigbliebe, aber in Wahrheit ist dieser Tod bereits ein Erlebnis der ersten Überwältigung, die zwischen ihnen stattfindet, und der Aufwand der radikalen (im Unterschied zur eingemeindeten und nachlassenden) Liebe besteht in nichts anderem als der ungehemmten, getreulichen Erfüllung des Ersten Augenblicks.

Im übrigen werden sich Sada und Kichizo auf die Dauer ihrer Vereinigungen nicht etwa ähnlicher. Obschon bei beiden die Reinheit der Gier ungetrübt bleibt, scheint doch am Ende die Liebe der Frau machtvoller zu sein, wenngleich ohne den selbst- und rachsüchtigen, ohne den mänadischen Triumph. Sie ist es, die den Mann erwürgt im letzten Glück und ihn kastriert, doch er ergibt sich, im Grunde ohne Gegenwehr, dieser Überschreitung, er läßt sich in den Raum und den Rausch dieses einzigen Akts hinüberführen; freilich erfahren wir über diese letzte männliche Wollust, geopfert zu werden, nichts mehr, da ist nur noch der ausdruckslose Kadaver; während wir in Sadas Taumel dann der sinnberaubten Vollendung angesichtig werden. Trotzdem: das Ende bleibt gemeinsam wie der Beginn, nicht der Sieg des einen über den anderen wurde erzielt, sondern der Sieg der Liebe über die Zeit.

Als Kunstwerk ist der Film Oshimas die Arbeit eines

Reduktionisten, der sich über die unendliche Begebenheit, den Einen Muskel der Lust beugt wie Krapp über sein Tonband, über die unendliche Erinnerung an eine einzige Begebenheit der Lust. Etwas Wesentliches unterscheidet jedoch diese Reduktion auf die Lust von der auf den Abschied von jeglicher Lust. Während »Schachtel drei, Spule fünf« alles in *Worten* enthält, was hier zu sagen ist und kaum der Ergänzung bedarf, hat die streng nichts-sagende Praxis der Sinne eine heftige Aufstachelung, *über* die Sinne zu sprechen bei uns zur Folge und wir suchen hierdurch die schmerzliche Spaltung, daß unsere Sexualität für etwas bereit ist, das sich nicht leben läßt, zu überbrücken.

Dagegen nun das Originalfundstück vom Beziehungsmarkt, aus den Niederungen der erotischen Wirklichkeit. Die Kosmetik-Lehrerin und der Perser. Das platinblonde Haar möchte das pechschwarze Haar in ein festes, reelles Verhältnis hineinlocken. Sie erklärt indessen freiweg, daß sie ihn zuvor noch ein wenig »testen« müsse. Der Perser schreibt Erzählungen (»in der einen Erzählung, in der du vorkommst«), doch auf alles, was er hierzu mitteilt, geht die lüstern und abwesend schmunzelnde, kühl und erhaben geschminkte, eine steingraue Ballonseidenweste tragende Frau gar nicht ein. Als sich die Testperson nach dem Grund ihres Schweigens erkundigt, sagt sie: »Ich bin wie Old Shatterhand, ich hab ein ganz ruhiges Gesicht, wenn ich nachdenke, fast dumm, möchte ich sagen.« Ihr gegenüber sind die Bedürfnisse des schreibenden Persers elementar, und weder die Arroganz noch der liebestötende Flachsinn der Traumfrau, die dumme Sprüche wie Mundgeruch verbreitet, können ihn ernüchtern. Schon will sie mit ihm zusammenziehen. Sie erwägt, eine eigene Wohnung zu mieten, obschon sie ja noch verheiratet ist. Dann könnte er zum Beispiel heute nacht zu ihr kommen: »Ich habe das Bedürfnis, dich zu sehen ... sehen!« sagt sie mit intimem Nachdruck. Doch das war nur ein vorgeschnelltes, gleichwohl nötiges, anheizendes Zwischengeständnis, und gleich wird der Test fortgesetzt, indem sie nun allerlei Umstände und Unverrückbarkeiten aus ihrem Familienleben ausbreitet. »Bestimmte Sachen delegier ich einfach an meine Mutter. Ich delegiere. Aufgaben, die ich übernehmen sollte, laß ich sie machen. Zum Beispiel hat meine Schwiegermutter seit Jahren einen Wunsch zu Weihnachten. Der Wunsch ist mir aber zu teuer. Meine Mutter sieht jetzt dieselbe Sache viel preisgünstiger irgendwo, also laß ich sie die Sache kaufen.«

Vom preisgünstigen shopping ist es nur ein kleiner Sprung zu der plötzlichen, ziemlich dreisten Erwägung, ob sich denn eine solche Beziehung wie die zum Perser wohl für sie auch lohne. »Lohnt, verstehst du, ob es sich lohnt. Du weißt ja, daß wir Deutschen immer fragen, was bringt uns das ein, wo steckt da der Gewinn, was profitier ich persönlich davon.«

Der Perser lacht nun halb gereizt und halb belustigt und schüttelt ein wenig fassungslos den Kopf. Es ist ja tatsächlich nicht ganz alltäglich, daß sich bei einer Frau Geilheit und materielle Gier gegenseitig beflügeln und sich so unverblümt verbündet zeigen. Sie meint also: wenn ich mit dir eine feste Beziehung eingehe, was für

Garantien bietest du mir, ich meine, auch finanzieller Art? Schließlich ist sie verheiratet. Hatte allerdings immer mehrere feste Beziehungen nebenher laufen. »Aber das mit Ronald (ihrem Mann), der emotionale Kontakt, die Gefühle, der Austausch, das Verständnis, die Toleranz, die Gemeinsamkeit, das bleibt doch in einem hängen, das kann man doch nicht von heute auf morgen auslöschen. Glaub nur nicht, daß ich zehn Jahre lang eine Schein-Ehe geführt hätte!«

Ja, da gab es vor Jahren eine aufregende Beziehung zu einem anderen Mann. Ein Mann, der nur sich selber im Kopf hatte, das hat sie natürlich wahnsinnig angezogen. Ein Taxifahrer. »Willst du es hören?« Also. Sie kam aus der Kosmetik-Schule. Wartete auf ein Taxi. Einer fuhr vorbei, das Schwein. Der nächste hielt. Sie steigt ein. Sie kommt mit dem Mann ins Gespräch. Sie unterhalten sich sehr interessant. Sie steigt vor ihrer Wohnung aus. Der Taxifahrer mit. Sie unterhalten sich weiterhin vor der Haustür. Schließlich sagt sie, das Gespräch sei so interessant, er solle doch mit ihr, wenn er Lust habe, hinaufkommen. Sie müsse aber gleich sagen, daß oben ihr Mann auf sie warte. Das mache ihm nichts aus, sagt der Taxifahrer, er werde seinerseits über Funk seine Frau kommen lassen. Also hatten sie zu viert ihr Gespräch in der Wohnung fortgesetzt. Mit der Frau seien sie beide, »mein Mann und ich«, nicht so gut zurechtgekommen. Und dann ging es eben so weiter. Es machte ihm keine Mühe, sie anzufassen. Es entwickelte sich. Der zuhörende Perser: »Und dann eines Tages ...« »Und dann eines Tages«, stimmt sie ein und schmunzelt wachsam. »Alle Menschen haben dafür gesorgt, daß wir soviel wie möglich allein sein konnten.

Das hat fünf Jahre gedauert. Du siehst also: ich bin immer in festen Händen gewesen.«

(Früher) keine andere Vorstellung als eine räuberische von einer Frau. Irgendeinem Eigentum mußte sie doch entrungen sein, dem einer Familie, dem eines anderen Mannes, dem der Unschuld gar.

(Heute) man findet sich solidarisch. Neue Lügen der Affektzensur, neue Spielarten der Verdrängung. Die Hysterica der unklar gewordenen Freiheit bewegt sich durchaus nicht sicherer als das verklemmte Opfer einer perfiden Spießermoral. Das Mädchen steht auf, heult und haut dem Typ, ihrem Freund, zweimal hart die Handtasche über den Hinterkopf, dann läuft sie aus dem Lokal. Ihre Freundin rückt um zwei Stühle weg von diesem bleichen Burschen, der steif und verlegen über seinem Bierglas grinst, und ohne ihn offen anzugehen, schlägt sie immer wieder mit der Hand auf den Tisch und klagt monoton die ganze Lage an. »So'ne Scheiße, also sowas von Scheiße, echt Scheiße find ich das« (nicht: dich!). Und so fort, immer das gleiche Gewölle. Es ist etwas Zwanghaftes in diesen Schüben der nicht offenen Schelte; es scheint fast, als könne sie den Typ nicht zur Rede stellen, weil ihr selbst die Rede, die einzige, die er jetzt verdiente, nicht mehr zu Gebote steht.

Der Mann nimmt einen Kettenschmuck vom Hals des Mädchens zwischen zwei Finger. »Eine hübsche

Zierde.« »Eine was?« fragt die Halbwüchsige. »Es ziert dich«, sagt der Mann und lächelt, »ja es ziert dich. Zieren . . . Früher sagte man: ›Die Frau ist die Zierde des Mannes‹.« Das Mädchen betrachtet ihre Kette und schüttelt ungläubig den Kopf.

Was von ihr blieb, Fragmente einer gescheiterten erotischen Souveränität.

Eine Frau steht vor einer Hauswand, das rechte Bein angezogen, den Fuß gegen die Mauer gesetzt, das Knie spitz vorgestreckt; abwehrbereit-bereit.

Eine Frau fotografiert dich, stellt die Beine auseinander, drückt das Becken vor, empfängt dich, knipsend-kastrierend.

Eine Frau, die nach drei stillen Tagen der Einkehr und der hartherzigen Selbstprüfung um sich schlägt und ruft: Ich will dich nicht! Dich will ich nicht!

Eine Frau fährt sich durch die Haare mit zehn gespreizten Fingern in dem Augenblick, da du sie umarmen willst.

Eine Frau erschrickt dich mit unachtsamen Händen, indem sie dir von hinten die Finger auf die Brillengläser drückt und ruft: Wer bin ich?

Eine Frau zeigt mit ausgestrecktem Zeigefinger auf dich und befiehlt: Du! Denk nach!

Eine Frau bleibt vor dir stehen und rührt sich nicht vom Fleck. Sie erforscht die Unverfrorenheit deines Herzens in deinem leutseligen Blick.

Abend für Abend hält ein Taxi vor seinem Fenster. Der Fahrer knipst das Innenlicht an und öffnet den hinteren Wagenschlag. Doch niemand steigt aus. Stattdessen ertönt aus den Stereoboxen am Rückfenster ihre Stimme und sagt: »C'est tout ce que vous avez/je vous laisse seul, et vous le savez.«

Du merkst, wie eines vollends sich entzieht und nachgerade utopisch wird und brauchst es doch so sehr: das sehende menschliche Gesicht.

Gesichtslöschenden Kräften sind wir ausgesetzt. Wie die Schwefelsäure in der Luft, in der von giftigen Gasen gedunsenen Luft die antiken Säulenschäfte und die Marmorgesichter ebenfrißt, so zersetzt, verstumpft die Pest der vielen Fotos, der Fernsehschimmer, die Blow ups der Reklamewände den Glanz unseres Blicks. Den Glanz nur? Alles Wesen, das im offenen Auge lag, hat sich von dort zurückgezogen: Suche und Wissen, Vertrauen und Berechnung, Güte und Gier. Wir sehen nicht und sehen auch nicht aus.

Das Vermissen beginnt, wenn du der Menge entgegen gehst, entgegen den Passanten, den fremden Gesichtern, und gewahrst, wieviele unlesbar und abgerieben und leicht zu verwechseln sind.

Und plötzlich sieht dich wissender als der beste Freund, wärmer als der eigene Vater von einer matten Daguerreotypie ein Unbekannter an. Da ist es auf einmal, das sehende Gesicht, das nicht erkennt, um sogleich zu zerstören, das dich hält und einberaumt in seine Ferne, und du weißt, wohin du auch weitergehst, einem solchen wirst du im erlebten Leben nie begegnet sein.

Noch einmal die einfachen Eingänge benutzen, die zum Menschen hineinführen durch Stimme, Gang und Gesicht.

Es gibt keine Wissenschaft vom menschlichen Gesicht. Auf diesem Feld der untrüglichen Anzeichen stellt sich jeder Messung im Detail das halluzinierte Ganze eines lebendigen Wesens in den Weg. Trotzdem begegnen wir dem anderen Gesicht, dem externen Geheimnis, mit unermüdlichem Wissens- und Urteilsdrang, versuchen es zuerst auf das Spiel der Stereotypen, auf die hochverdichtete Mischung aus Bruchteilen des Ähnlichen und Allgemeinen hin zu durchschauen, um dann rasch unsere Schlüsse zu ziehen über die Eigenheiten, den »Inhalt« eines Menschen. Das Gesicht, im Laufe der Evolution von der Erde abgehoben, ist nicht nur das aktivste soziale Organ des Menschen, es ist auch der einzige Körperteil, der, von Maske und Schleier einmal abgesehen, so gut wie immer unbekleidet bleibt, es ist die Blöße selbst, die höchste Instanz und das eigentliche Gebilde der ›ungeschützten Vorderseite‹ des aufrecht gehenden Menschen. Daher glauben wir im Gesicht den ganzen Menschen unverhüllt vorzufinden und erleben doch dieses Ganze in seinem sinnlichsten Anschein, ohne es klar fassen und deuten zu können, so wenig wie wir die wahre Bedeutung eines Traums ohne Kenntnis seiner symbolischen Strukturen ermitteln können. Das Gesicht, insofern es Durchschein der Seele ist, ist folglich auch immer ein rätselhafter Schleier von Gesichten. Wenn jemand einen Fremden getroffen hat und zuhaus von dieser Begegnung redet, wird für gewöhnlich sehr wenig von dem Gesicht des anderen die Rede sein. Es gleicht einem intimen Tabu, wenn wir ausführlich uns über Sympathie oder Antipathie, die wir einem Menschen gegenüber empfunden haben, verbreiten und dabei zugleich verschweigen, woher wir diese Regungen ganz unmittelbar empfangen haben. Die Beschreibung eines Gesichts beschränkt sich meist auf die gröbsten Äußerlichkeiten, eine Nase ragte hervor, ein Augenpaar stach usw. Selten schon, daß einer bekennt, es sei ihm die Vorderzahnreihe seines Gegenübers vorenthalten worden; eine schmale, unbewegte Oberlippe habe diese während des ganzen Gesprächs streng bedeckt gehalten; nun sei er von der Autorität und Härte dieses Mannes überzeugt. Wie schwer wäre es aber erst, die Frequenzen des Ausdruckswechsels, des Mienenspiels, woraus doch alle Wirkung hervorgeht, angemessen zu schildern und zu beurteilen. Man scheut sich im allgemeinen, von den äußeren Merkmalen einer Person (»wofür einer nichts kann«) auf ihr Wesen zu schließen. Und man tut gut daran, wenn man an das grundsätzliche Scheitern der Physiognomiker denkt, von Aristoteles über Lavater bis hin zu den anthropometrischen Experimenten im Dritten Reich, die allesamt von der richtigen Ahnung zur falschen Lehre kamen. Wie aber die richtige Ahnung nützlicher verwalten, ohne sie zur falschen Lehre ausarten zu lassen? Das Gesicht muß wie der Traum gelesen werden; das Gesicht *ist* die Traumsprache jeder Begegnung. Eine weitreichende Handlung, wenn ein Mensch blickt, ein weitreichender Widerhall, wenn ein anderer lächelt. Ein weitreichendes Strahlenfeld aber auch: die unendlichen Schattierungen des Fremdseins in einem dich anblickenden Auge. Jene tief gegründete Vorsicht und jenes elementare Mißtrauen, die das Auge, unsere höchste Blöße, immer bewahrt, wo der Mund, die Finger, der ganze Körper schon längst über die gröbste Befangenheit hinwegkamen. Die Augen und wie sie handeln sind gewiß mehr als ein psychoanalytisches Symbol für die Genitalorgane. In diesem Mehr nistet die wißbegierige Intuition, hier lockt und entzieht sich ein Erkenntnisgrund, der uns dauernd eine rationale Analytik des Gesichts aufzunötigen scheint, um sie gleich wieder schroff in den Bereich des Imaginären zurückzuweisen.

Merkwürdig, ja unangenehm, wie man das Wesentliche eines flüchtig berührten Menschen, je älter man wird, fast zwanghaft auf Anhieb erfaßt. Das Fluidum der Fingerstellung, das Antlitz eines Gangs, und sogleich wird das »erfahrene Vermuten« (Heidegger) tätig, durch das wir mit Hilfe weniger Blicke, weniger Sinnesdaten den gesamten Verhaltens-Raum eines Menschen plötzlich hochberechnen können, ja oft uns innerlich gezwungen fühlen, dies zu tun, und eine beliebige Folge möglicher Situationen rasch herausspielen, in denen wir ihn ganz authentisch vor uns haben, wie er dasteht, wie er spricht.

Die arrogante Intelligenz des PH-Professors, Ende dreißig, Leser der ›Tageszeitung‹, dessen Höchstes es ist, in einem fort (›wie der Kleinbürger‹ eben) über Motoren, ausgezeichnete Gaststätten, traumhafte Reiseziele zu sprechen. »Von dem (Auto-)Typ liegen jetzt die neuen Tests vor, der setzt also glatt 250 PS auf die Straße.« Ein Blick, ein abgelauschter Satz erfaßt so viele und mehrwertige Wesenspartikel, daß man, eigentlich im selben Augenblick, auch sehen kann, wie dieser Mann die Nagelfeile benutzt, oder hört, was er antwortet, wenn seine Frau ihn einen Lügner nennt.

Der junge Amtsrichter, der seine Unsicherheit vor dem Angeklagten zu verbergen sucht. Bei weitem zu sympathisch wirkend, unterbricht er sein scheues, jungenhaftes Lachen immer wieder mit einer gesetzten unwirschen Miene. Sie steht ihm nicht, er muß sie wieder abschütteln. Stirnkräuseln, Kopf abschwenken, dann gleich wieder das verbindliche, scheinbar besonders pfiffige, in Wahrheit gänzlich aufgeschmissene Lachen; immer die Angst, nicht schnell genug dahinterzukommen, die nötige Frage nicht gestellt zu haben, nicht klug genug zu erscheinen, einen kleinen Verfahrensfehler zu begehen, kein souveräner Gesetzeshüter zu sein.

Es treffen sich die Unverwüstlichen, Paare von unterschiedlichem Alter aus den gediegenen Akademikerkreisen, Montagabend in den Schlemmerstuben. Der Mann, der hier das Wort führt, am Tischende der Runde vorsitzt, ein Chirurg um die sechzig, zu Scherzen immerzu aufgelegt, faßt die junge Frau des Kollegen beim Arm, um sie zu ihrem Platz zu geleiten, drückt beiläufig an ihrem Oberarm in Brusthöhe herum, mit der anzüglichen körperlichen Bedrängung, die dem Kavalier alter Schule immer erlaubt ist, um dann wenig später mit der Kellnerin seine Späße zu machen, blinkender Goldzahn, nennt die servierte Kasserolle mit Mixed Grill einen Panzerkreuzer und bekommt sofort einen Frostbeschlag auf die Augen, wenn diese zufällig auf seine Frau treffen. Die Frau wirkt älter als er, sehr hager, schmales knochiges Gesicht, dicke Brille, das Inbild einer geistige Werte besitzenden Tochter aus evangelischem Pfarrhaushalt, holt die Lorgnette aus der Handtasche, um die Speisekarte zu studieren, bestellt nach einigem Zögern einen Rosé, gleichsam zum Zeichen, daß sie sich nicht entscheiden kann zwischen den Extremen, zwischen Rot und Weiß, Gut und Böse, Haß und Liebe, wählt den gemischten Mittelweg; blickt, da wenig oder gar nicht einbezogen in die von ihrem Mann beherrschte Unterhaltung, in einer sonderbar eckig-nervösen, immer die gleiche Bahn hüpfenden Ausschau schnell in eines der Gesichter ringsum, dann wieder vor sich hin auf den Tisch und geschwind wieder in ein Gesicht, zurück auf den Tisch und immer so fort, mit einem vogelhaften Staccato der Kopfbewegungen. Diese ausgemergelte Frau trat zu Anfang dem Kollegen Chemiker, der etwas kleiner ist als sie, beeilt entgegen und wählte den Typus der bedrängenden Begrüßung, bei der man mit aufwippendem Schritt sich sehr nah an den anderen Körper heranhebt, das freie Ausstrecken der Hand ganz vermeidet und die Hand des anderen bei flach anliegendem, abgewinkeltem Arm fast tapfer an sich, fast an die eigene Brust heranzieht. Neben ihr wartet die Tochter des Chemikers auf den gleichen Handschlag, hoch und schlaksig, Mitte zwanzig, von einer Schulter auf die andere tretend, im wadenlangen Kostümrock, plumper genoppter Tweed, große tropfenförmige Brillengläser, im Juni das Assesorexamen der ›Jurisprudenz‹, wie der Vater sagt, hinter sich gebracht, häßlich in dem Sinne, als habe sie die Rechtsklugheit völlig zerzaust, als habe der Intellekt, um sich überhaupt auszubilden, das Opfer ihres Leibs gefordert; kurzes, höhnisches Lachen oft, als durchschaue sie etwas, wo indessen alles offenkundig zu Tage liegt; den Kopf halb gesenkt und zur Seite gewendet, stets im Besitz ihres Fachs, ihres eisernen Willens und den hochstirnigen Verzicht zur Schau tragend. Man mag sie sich einmal als Richterin vorstellen in einem Scheidungsfall, in dem sie wegen Befangenheit – Befangenheit in erwiesener Menschenunkenntnis, in erwiesener Unkenntnis der sexuellen Materie – abgelehnt wird: »Wissen Sie überhaupt, wovon hier die Rede ist?« Man mag sich auch vorstellen, wie sie im Innersten getroffen dann ins Richterzimmer eilt und, plötzlich in Tränen ausbrechend, in den Gesetzen stöbert, die ihr alle miteinander zu einer einzigen Gesetzeslücke zusammenzustürzen drohen.

Mit wem wir auch zusammengehen, irgendwann ist uns der Mensch bekannt. Wir wundern uns, wie doch der andere (nie wir selbst) Zug um Zug sich automatischer verhält. Sein Wesen können wir im ganzen aus dieser Nähe nicht mehr gut erkennen, dafür blicken wir jetzt um so deutlicher ins Netzwerk von Trieb und Triebverstörung, von Motiv und Scheinmotiv, denn mit dem Alter scheint das Innengerüst nicht mehr bloß schüchtern durch. Wir sehen etwas furchtsam hin und denken rücksichtslos: nicht mehr viel Hülle und Balg an dem, was jener da ist, kaum noch Zeichen der zwecklosen Erscheinung, wo bleibt das Unverhoffte und die autonome Handlung? Das Drahtgespinst der Psycho-Puppe, dem Knochenmann nicht unähnlich, ist aus der ehrlichen Haut hervorgetreten und hat den Platz des freien Spielers eingenommen. Erschreckend manchmal, wie wenig Gestalt noch und wie durchsichtig an seinen abgewetzten Stellen der äußere Anschein, dort wo, vielgenutzt, Schönheit, Wirkung und Wille waren.

Verkehrsfluß

Ich sah aus dem Auto in einer Passantenschar, die die Kreuzung überquerte, die geliebte N., mit der ich – einst! seinerzeit! damals! – gut drei Jahre lang die gemeinsamen Wege ging, sah sie über die Fahrbahn schreiten und auf irgendeine Kneipe zuhalten. Ihr Kopf, ihr braunes gescheiteltes Kraushaar. Und das ist dieselbe, die ich im Tal von Pefkos auf Rhodos, als wir von verschiedenen Enden des Wegs über die Felshügel einander entgegengingen, so bang erwartet habe, in Sorge, es könne sie jemand vom Wegrand her angefallen und belästigt haben, da sie nicht und nicht erschien am Horizont. Das ist dieselbe Geliebte. Im halben Profil flüchtig erblickt, indem sie dahinging und ich vorbeifuhr. Mir ein unfaßliches Gesetz, das so Vertraute wieder in Fremde verwandelt. Verfluchte Passanten-Welt!

Wir trafen uns mit dem klugen H. im italienischen Restaurant und schnell folgte auf die alltäglichen Erkundigungen der gesunde, entschlackende Klatsch und auf ihn das gehobene Gespräch. Hiervon mußte man bald den Eindruck gewinnen, daß die denkenden Gedächtnisse heute oft auch die zerfahrensten sind, ja daß sie ihr Denken allein noch im quälenden Zustand einer *Gedankenflucht* erhalten, also immer nur verlieren können. Wieviel schnelle Urteile stoßen sie doch aus in kürzester Zeit, wieviele geachtete Namen, mit denen sie bloß spielen und reizen und glänzen. Indessen wird von diesen bedrängten Köpfen so gut wie überhaupt keine Frage mehr gestellt; mit panischer Gewandtheit meiden sie die Schutzlosigkeit, in die sich der fragende Mensch begibt. Dies trifft auch auf H. zu, der obendrein das Heidegger-Wort, daß nämlich das Fragen die Frömmigkeit des Denkens sei, ohne weiteres in seinen Meinungserguß mit einfließen läßt. Nun, es ging von Savonarola über Tàpies zu Stanley Kubrick, von Rousseau zu Carl Schmitt. Schließlich herzliche Verabschiedung von H. Er, ein Fußgänger, macht sich mit kleinen Schritten auf den Weg zu weiteren Besorgungen; wir, ein anderer Freund und ich, steigen in mein Auto. Kurz darauf treffen wir ihn wieder, den Fußgänger, wie er bei grüner Ampel die Fahrbahn überquert. Als ich ihn erblicke, fahre ich im Spaß scharf auf ihn zu, bremse erst knapp vor seinen Beinen und erhebe die Hand zu einem nochmaligen Gruß. Er aber, der mich hinter dem Steuer nicht wiedererkennt, droht zurück mit der geballten Faust, wie es der Fußgänger dem dreisten Autofahrer gegenüber zu tun pflegt. Nachdem wir doch eben noch in einem gemeinsamen Höhenflug dahinschaukelten, verkennt er mich hier im Straßenverkehr, blendet ihn allein der äußere Rangunterschied, bin ich für ihn nichts als eine harte Karosserie mit einem rücksichtslosen Chauffeur, der ihn, den schwachen, bloßen Passanten beinahe umgeworfen hätte. Und er schüttelt die Faust gegen mich, sieht mir ins Auge, seinem ergebenen Freund, und sieht durchdringend nur den unbekannten Autofahrer an. Auch als er weitergeht, kommt ihm im nachhinein nicht der Schatten eines Wiedersehns. Gewiß, es war nur ein lächerlicher Irrtum; und doch ein Hieb der Entfremdung, der gesessen hat.

Der Mann Nun, Sie kennen die Weißtalallee, diese breite Verkehrsader am Südausgang unserer Stadt. Dort stand sie, die Geliebte, auf der einen Straßenseite, ich auf der anderen. Sie hatte die Absicht, zu mir herüberzukommen, zwischen uns floß der Verkehr, der nicht abreißen wollte. Unterdessen hatte sie schon mit einem Schritt die Fahrbahn betreten, jenen Streifen, auf dem geparkt werden darf. So stand sie drüben und wartete auf eine Lücke im Verkehr, einstweilen in einer Illustrierten blätternd. Da begann ein Auto einzuparken; gerade dort, wo sie steht, möchte es hin. Ich erinnere mich genau, es war ein lindgrüner, wohl eigens von seinem Besitzer lindgrün eingefärbter Citroën (denn es gibt ein Lindgrün nicht mehr im Straßenverkehr). Doch was heißt einparken? Er fuhr vor ihr einmal hin, einmal her, nur um sich zu zeigen. Der Kerl am Steuer wollte ihr, meiner Geliebten, auffallen, nichts weiter. Als sie aber nicht hinsieht, ihn und das seltene Lindgrün nicht beachtet, beginnt er nun wirklich mit dem Einparken, fährt dicht mit dem Hinterteil an sie heran, ruckt vor, setzt wieder zurück – und das bemißt er schlecht. Da er nämlich nach hinten stößt, fährt er der Frau, die er in Stimmung bringen will, an die Knie, sie stürzt sofort zu Boden. Sie wissen, wie lächerlich, wie entmutigend es aussieht, wenn auf offener Straße eine gutgekleidete Person, die man liebt, zu Boden fällt . . .

Der auf der Straße Angesprochene und beiseite Genommene Oh ja. Sehen Sie, etwas ganz Ähnliches habe ich selbst einmal erlebt. Es war jedoch am Wörthersee . . .

Der Mann Sie liegt am Boden, meine ich, mehr erschrocken als verletzt. Der Kerl springt aus dem Citroën; als Flirt begann's, ein Unfall ist daraus geworden. Statt Lächeln, Augenzwinkern, Schmeicheleien nun Augenrollen und grobe Schimpfe. Er hebt meine Geliebte auf und sie schreien sich an – auch er schreit, der Unfall verwandelt die Begehrte in ein Stückchen Ärgernis. Und, sehen Sie, ich stehe auf der anderen Seite und drüben – am jenseitigen Ufer, möchte ich beinah sagen – hat ihr jemand etwas angetan, wenn auch nicht sie verletzt, so doch sie hingeschmissen in den Dreck. Sie fiel vor meinen Augen raus aus ihrer stillen und legeren Haltung, in der ich sie, über den nicht abreißenden Verkehr hinweg, so erwartungsvoll betrachtet hatte. Sie lag grotesk am Rinnstein, eine zerschmetterte Statue aus Marmor oder Ton zeigt durch tausend Scherben noch mehr Appeal und Würdereste als so ein hingeschmissener geliebter Mensch in seiner völligen Entgeisterung und Körperblödigkeit. Ich will Ihnen gestehen, daß mich trotz oder in meiner höchsten Empörung für einen Augenblick die Kälte anpackte und ich auf meiner Straßenseite aufhörte sie zu begehren. Zum ersten Mal empfand ich, wie es ist, sie nicht zu lieben.

Der auf der Straße Angesprochene und beiseite Genommene Ja ja! Genau, genau!

Der Mann Nun, der Kerl steigt jetzt zurück in seinen Citroën und fährt aufbrausend weiter. Meine Freundin . . . meine Frau sieht mich über den Verkehr hinüber an und schüttelt nur den Kopf. Jawohl: sie schüttelt lediglich den Kopf nach alledem! Und nicht einmal so, als sei sie fassungslos, nein, nur solch ein kurzes, kleines Schütteln, mit dem man gewöhnlich ein »Wie kann man nur!« zum Ausdruck bringt. Eine völlig unzulängliche Geste, in meinen Augen, nach diesem schweren Zwischenfall. Ihr ganzer Sturz *in meinen Augen* ist ihr unbewußt. Sie liest schon wieder in der allerdings vom Straßenschmutz beschädigten Illustrierten.

Der auf der Straße Angesprochene und beiseite Genommene Was also mich betrifft, so stand ich damals in ähnlichen Verhältnissen in Velden vor der Post . . .

Der Mann Oh bitte nein: erzählen Sie mir jetzt nicht dasselbe von Ihnen und auch nicht etwas annähernd Ähnliches, das Sie einmal erleben mußten. Es hat mich ohnehin Mühe genug gekostet, ein erstes Mal darüber zu sprechen. Falls Sie indessen an meiner Geschichte aber auch gar nichts unvergleichlich finden, schweigen Sie trotzdem in beherztem Mitgefühl. Ersparen Sie mir jede Parallele und stoßen Sie einen inzwischen einsam am Straßenufer ausblickenden Mann nicht hinunter in die Häufigkeit ebenso dastehender Männer. Andernfalls müßte ich Ihnen, den ich nicht kenne und mit dem ich nichts als vorlieb genommen habe, mein vorsichtig eingeflößtes Vertrauen mit aller Gewalt wieder entreißen. Schweigen Sie daher und verkneifen Sie sich die Parallele!

Die fetten Autopfleger sonntags am Straßenrand beugen sich tief in den Motor, hocken an der Tür für einen Lackschaden nieder, und die Jeans mitsamt der Unterhose rutschen ihnen tief über die Afterhaare hinunter. Was soll da auf der Straße sonst Hose, Hemd und Scham, wenn vor dem Auto, dem Geliebten, man so ungeniert und gern den Arsch entblößt?

Ein altes Ehepaar an einer stark befahrenen Straßenkreuzung. Der Mann lehnt auf der Barriere, die die Fußgänger daran hindern soll, abseits der Ampel die Fahrbahn zu überqueren. Er starrt auf die Straße, auf die Asphaltdecke, die Hände bei aufgestützten Armen vor sich gefaltet, als betrachte er von einem erhöhten Aussichtspunkt eine schöne Landschaft, einen glänzenden Flußlauf. Neben ihm seine Frau, gleichgestimmt und auf denselben Fleck der Entsinnung ihren Blick gerichtet. Eine perlmuttfarbene Schliere auf dem rauhen Papillengrund des Erdpechs. Die Ampel schaltet auf Grün für die Fußgänger. Da niemand über die Straße geht, überfahren Rechtsabbieger in Strömen den Fleck ohne Grenzen, der die beiden Alten einig entrückte, durchqueren ihre unerforschliche Aussicht.

Ein Mädchen über die Straße gehend in einem Rock mit karmesinroten Baumringmuster auf cremefarbenes Leinen gedruckt.

Ein Mädchen in langem Kamelhaarmantel mit capeartigem Fall und in einer sehr flauschig anmutenden sandfarbenen Flanellhose mit weiten Hosenbeinen, eine weich verhüllte, mehrfach gedämpfte Gestalt. Sie tritt von vorn an ihren parkenden Golf heran, ihre linke Seite berührt die Fahrertür. Sie steckt mit der rechten Hand, während sie sich in der Hüfte leicht beugt, den Autoschlüssel in die Klinke und sieht beim Aufschließen – allein durch die Körperhaltung und durch kein Interesse genötigt – zurück auf die Straßenseite, von der sie gekommen ist.

Hat man nicht schon in hunderttausend Gesichter

geblickt? Diese Erfahrung ist das Gegenteil der ›repräsentativen Auswahl‹: es ist die Wahrheit der physischen, linearen Zahl. Mit wievielen Menschen hat man es denn zu tun im Verlaufe eines normalen Lebens, mit wievielen, wo Worte oder längere Blicke getauscht wurden – von der Mutter bis zu den vielen, die einen mal auf der Straße nach einer Straße fragten?

Vorübergehend sein und bleiben. Jedes offene Gesicht und jeder gutgegangene Gang reißt dich aus deiner Bahn. Du trottest hinterher wie der verlorene Hund dem nächstbesten Herrn.

. . . und du mündest in die Weile eines anderen ein.

Einige Augenblicke mit Menschen waren erfüllt von Zuwendung, die unanfechtbar bleibt, und man darf sagen: jawohl, da war man nicht allein, da ist man zusammengerückt, da hat man was Gutes erlebt. In einer einzigen gelungenen Umgangsform steckt schon mehr Glück, als man verkraften kann. Kaum je sind dies Momente des körperlichen Begehrens, der Wollust gewesen. Die Erinnerung selbst ist zärtlich, ist ein Geschenk der Sublimation.

Wenn man den Speisesaal des Hotels verlassen will, um sich in die Empfangshalle zu begeben, geht man, der Mittelachse folgend, auf eine Glastür zu, die beide Orte voneinander trennt. Diese Flügeltür ist jedoch aus Gründen, die nicht angezeigt sind, verschlossen und blockiert. Angezeigt ist nur, kurz bevor man den Durchgang erreicht, der Umweg, den man nehmen soll, durch einen seitlichen Korridor, ein kleiner gelber Pfeil weist darauf hin. Im Verlaufe des Abends fallen nun immer wieder Gäste der Verführung durch die Hauptachse sowie der blinden Gewißheit, diese ja eigentlich nur aus Durchschein bestehende Tür jederzeit passieren zu können, zum Opfer und werden zuweilen schmerzhaft aufgehalten. Diejenigen, die die Tür durch Ziehen am ebenfalls gläsernen Knopf zu öffnen suchen, kommen glimpflicher davon als die anderen, die sie mit der Schwerkraft des nichtsahnenden Körpers aufstoßen wollen. Ein junger Mann kommt so mit lasch ausgestrecktem Arm, bereit, die Tür ganz leicht zu drücken, und dreht noch seinen Kopf mit einem Lächeln um, während er seiner Begleiterin voranschreitet. Der Beobachter, immer die versperrte Tür im Auge, sieht voraus den Aufprall, den Schreck durch plötzliche Hemmung, der im Gesicht das Lächeln löscht – da läuft er auch schon auf, stolpert, stößt sich das Knie; verwackelt ist die gute Figur, gerissen der verliebte Kontakt zur Freundin. Der Mann tritt einen Schritt zurück und schaut, als habe ihn die fast unsichtbare Tür wie ein Bannstrahl abgewehrt. Nun versucht er es mit Ziehen, will sich mit Geschick und Technik den Durchgang doch ertrotzen und spielt dabei den Tüchtigen, der einer Dame jedes Hindernis aus dem Weg zu räumen versteht. Endlich erblickt er aber den Pfeil nach nebenan, rechtzeitig genug, bevor zuviel vergebliche Griffe seinen Sinn fürs Praktische unter Verdacht gestellt hätten. Er lächelt wieder und beide nehmen eingehakt und, wie es scheint, ein wenig zusammengehöriger gar als zuvor den Ausweg durch den seitlichen Korridor.

Drei ältere Geschäftsleute nähern sich der Tür. Sie gehen miteinander, doch scheint jeder für sich in tiefe

Gedanken verloren. Wieder sieht der Beobachter für den ersten der Männer schwarz. Er trägt eine Brille und erkennt auf seinem Weg die lichte Sperre nicht. Daher stößt er ohne vorgestreckten Arm flach mit dem Gesicht auf das Glas. Die Brille quetscht die dünne Haut am oberen Nasenbein. Dieser Mann ist ohne jede Vorsicht frontal aufgelaufen. Er blutet von der Nase, er hält sich beide Hände vors Gesicht. Einer seiner Begleiter meldet den Unfall beim nächsten Kellner, der gibt es weiter und ein anderer eilt herbei mit einem Erste-Hilfe-Kasten. Der verletzte Gast wird notdürftig verarztet. Die Gesichter der drei Männer, auch das des Angeschlagenen, bleiben bei dem ganzen Vorfall sonderbar still und gefaßt, nicht der geringste Anflug von Erregung oder Verärgerung zeigt sich darauf. Undurchdringlich ernst und alt-traurig sehen sie aus und allesamt scheint sie etwas so Schweres zu beschäftigen, daß nicht einmal der Schreck sie von ihren Gedanken hat ablenken können.

Hinter der Glastür sitzt vor ihrem Tabakstand in schwarzem Kostüm mit weißer Spitzenschürze ein blondes Mädchen und liest in einem Magazin. Nicht ein einziges Mal hat sie, bei keinem Aufprall an diesem Abend, nur je im mindesten aufgeblickt. So unbekümmert sitzen bleiben konnte nur ein unmenschliches oder ein übernatürliches Wesen. Dabei war ihre halb verborgene, also doppelt zugige Erscheinung, an der jeder unterschwellig vorbeizustreifen wünschte, war ihre das leichte Durchschreiten der Tür geradezu ansaugende Erscheinung doch gewiß nicht schuldlos an den grotesken Anstößen gegen die verriegelten Glasflügel.

Kurzes Ereignis am Ufer der Wiesent. Vor uns wird das schmale Gewässer der Fränkischen Schweiz zur einen Hälfte angestaut, zur anderen bildet es Engpaß und Stromschnelle mit geringem Gefälle, läuft in ein kleines dunkles Windungsbecken mit augenblicklicher Vertiefung ein, um dann wieder flach und freundlich in die Gerade zu ziehen. Drei Kinder fahren in einem Schlauchboot heran, sie nähern sich der Teilung des Flüßchens, der Klippe, und achten aber auf den einzigen Menschen am Ufer, der mit übereinandergeschlagenen Beinen auf einem Felsrund sitzt. Zufriedene Gesichter, gutmütig voraus, sonniger Ferienabend im August. Plötzlich bleiben sie hängen; die Spitze des Boots verfängt sich in der Stauabgrenzung, während der belastete Teil in die Stromschnelle gezogen wird. Sie drehen sich, sie paddeln in die Luft, das Boot legt sich schief, es krängt – die Geburt des Entsetzens auf den gebräunten runden Gesichtern –, sie kippen, sie kentern, sie fallen allesamt aus dem Boot in das Flußbecken. Ein junges Mädchen, das eben noch lächelnd herübergrüßte, geht im Nu, dem Unverhofften nichts entgegensetzend, bis über den Scheitel unter. Der älteste Junge und das Mädchen tauchen auf und ab in ziehenden Strudeln, können nicht schwimmen oder können es nicht vor Schreck, sie tanzen im Wasser davontreibend umeinander. Der Älteste, ohne einen Fuß auf den Grund zu bekommen, schiebt und stößt den kleineren Bruder und die Schwester zum Ufer, mir zum Retten hin. Nun erst spring ich vor, bück mich zum Wasser und streck den Kindern den Arm entgegen. Denn der Traum des überheblichen Zuschauens riß, als das Mädchen mit dem Kopf unter Wasser verschwand, und ich griff ein wie der dümmste oder der verdorbenste Mensch hier eingegriffen hätte, bloß handelnd noch. Ich zog das Mädchen über die Böschung und half ihm auf die Beine. Kaum steht sie vor mir, genieß ich den süßen Schrecken, den diese kurze Daseinsunterbrechung auf ihrem jungen Gesicht zurückließ, seh ich ihre nassen Kleider glitschig am Körper liegen, die Brüste starr wie durch Gefahr entstanden, und es ist, als habe man ein Kind versinken sehen, um einen reifen Mädchenkörper aus dem Wasser zu reißen. Sie dankt sofort (und mit der Anmut des noch ganz benommenen Bewußtseins) für das, was sie selber ›Rettung‹ nennt. »Nein! Mit euch fahr ich nie wieder!« ruft erzürnt der Ältere, nachdem er den kleineren Bruder und sich selbst glücklich an Land gebracht hat. Dann laufen sie alle drei dem abtreibenden Boot hinterher, um es an der nächsten Flußbiegung einzufangen.

Um das Spiel mit dem Zufall zu spielen, muß man immer herausspüren, auf welchem Kraftpunkt eines symbolischen Felds man sich gerade befindet und was man von sich aus diesem insgeheim zuträgt: der Mann, der am Ufer auf einem Felsstück sitzt, Ausschau haltend wie vor jedem Gewässer so auch vor diesem schmächtigen hier, das Begehren heraufziehen lassend; vor sich die Gefahrenstelle, die Falle im Fluß, die Einfahrt der Kinder mit ihren genügsamen und unbewußten Gesichtern – und wären sie wirklich in aller Ruhe vorübergezogen, ich hätte ein erstes Mal daran zweifeln müssen, daß Unfall und Karambolage Ereignisse der erotischen Magie sind. Aber dazu bestand auch diesmal kein Anlaß.

Ein Mädchen in weißer Leinenhose, die weit und pumpig an den Beinen ist, eng und durchschimmernd aber um die Hüfte, so daß die hervortretenden Borten des Slips und der Schatten des Geschlechts wohl zum Dessin gehören, kommt keuchend mit einem Springseil in der Hand die Kellertreppe herauf, vom Fitting um zehn Uhr abends. Kein Blick, kein Gruß, kein Zögern, nur dieser schweißige Hauch der ertüchtigten Gliedmaßen, nur der eilige Aufstieg eines ebenso biestigen wie duldsamen, eines so geschäftigen wie gleichgültigen, so unberührbaren wie verbrauchsintensiven Narzißmus; dies mit fleischlichem Schmuck versehene Trainingsgerät, dies verkörperte Desinteresse, diese Wiederaufbereitungsanlage einer sterilen Anmut, dies Markenerzeugnis aus unseren Jahrzehnten der Verwöhnung, dieser schicke, allgegenwärtige Typ der sportlich Teilnahmslosen – ist das die Frau, die wir angeblich zum Objekt unserer Gelüste erniedrigen wollen?

Ja, wenn *Sex* töten könnte! Wenn er zumindest verwirren, verschandeln, entstellen, unbrauchbar machen könnte, was so kläglich angepaßt und ins Leere gesittet ist, und wenn er das trainierte Herz zum Auslaufen brächte . . . Aber bliebe nicht jeder Körperhandel mit ihr unausweichlich ein Akt der Selbstertüchtigung eben jenes *Modells*, das man töten wollte?

Ein Tankstellenpächter ringt über seine Kasse gebeugt mit seinem Tankwart um das passende Wort, um eine entfallene Redensart. Der Pächter: »Wie sagt man denn, wenn man jemandem etwas gibt und nicht schenkt, jemandem etwas anvertraut und denkt, bei dem ist's gut aufgehoben? Man gibt das Geld mit – ?« Der Tankwart: »Mit Fug und Recht.« Pächter: »Nein. Ach was. Man gibt es mit –« Tankwart: »Mit bestem Wissen und Gewissen.« Pächter: »Nein, nein. Man vertraut das Geld jemandem an, man läßt sich keine Quittung ausstellen, man gibt es ihm hmhmhm!« Der auf Bedienung wartende Kunde: »Auf Treu und Glauben.« Pächter und Tankwart gleichzeitig: »Ja natürlich. Auf Treu und Glauben.«

Diese Redensarten sind Altertümer der Umgangssprache, man muß sie im Ohr haben, um sie korrekt zu verwenden. Jeder kennt von sich selbst die leichte Unsicherheit beim gelegentlichen Gebrauch solcher Floskeln und Wendungen, eine Unsicherheit, die zuweilen zu parodierenden Vermengungen und Verdrehungen von Sprichwörtern führt. Mit der entfallenen Redensart fühlen wir uns plötzlich abgeschnitten vom Überlieferungsstrom der volkstümlichen Sprache; von dem, was Brauchtum und Gemeingut ist und nicht ein eigenes, individuelles Stilerzeugnis. »Wie sagt *man*?« so fragen wir eingangs oft, wenn wir eine Redensart anführen wollen und setzen uns zu dieser gewissermaßen in eine ironische Distanz, setzen die Anführungszeichen der kollektiven Erinnerung. Der Spruch ist uns selber nicht mehr geläufig, wir haben ihn lange nicht gehört, er gehört uns nicht mehr. Sehr viel sicherer sitzen heute oft die markigen Sprüche der TV-Werbung. Die Gärtner-Lehrlinge, mit denen ich eine Zeitlang arbeitete, begrüßten jeden Dienstmorgen mit einem mauligen ›Es gibt viel zu tun, packen wir's an‹, wo sie mit gleichem Spott auch hätten sagen können: ›Der Krug geht so lange zum Brunnen bis er bricht‹ oder ›Was ein Häkchen werden will, krümmt sich beizeiten‹. Daneben zeigte es sich, wie unumgänglich bei einer solchen gemeinsamen Arbeit der verschwenderische Gebrauch von Floskeln ist. Diese Unterhaltungen während der Arbeit suchen in der Regel mit knappen Mitteln ein Einverständnis zu erzielen. Dazu dienen Sprüche und Kürzel aller Art. Nie zuvor habe ich so häufig »is klar« gesagt, nur um den nötigen Strom von Übereinstimmung zu unterstützen und nicht zu behindern. Die an der Erde hart Arbeitenden können im Tausch der Meinungen weder Auseinandersetzung noch Widerspruch gebrauchen. Es wird dann auch nicht mehr erzählt, wenn der andere einen Einwand anstelle einer Bestätigung vorbringt. Jede Rede zielt darauf, die gemeinsame Rede zu sein, und als solche ist ihr indirekter Sinn immer, Einwand und Widerspruch gegen die Rede des Chefs zu bieten.

Der Geist der Interjektionen. Wenn man sich in Kalifornien bei einer Verkäuferin oder einem Kellner oder anderen Personen bedankt, geben sie für »You're welcome« ein seltsames Kürzel, einen Aha-ähnlichen Ton von sich, jedoch bei halboffenem Mund und sehr hochgezogen auf der zweiten Silbe, nasaliert, fast gesungen. Obwohl es soviel wie »Okay« oder »Alles klar« bedeuten soll, klingt doch für unser Ohr etwas Merkwürdiges darin: so als antworte einer auf ein Dankeswort mit einem verwunderten »Aha!«

Vieler Reden kurzer Sinn ist eine Interjektion, ein

Empfindungswort, wie die Grammatik verdeutscht, das dem Zuhörenden entschlüpft. Ein Ha, Oh, Au oder Achgott kann ein intimeres Verständnis der Rede des anderen verraten als eine umfängliche Antwort. Und welche kaum ermeßliche Fülle von Betonungen und Anspielungen erlaubt gar das undeutliche Partikel ›Hm‹. Feinste Koloraturen des Sinns lassen sich einzig mit diesem winzigen, wachsweichen Lautstummel zum Ausdruck bringen, vom hohen Staunen zur tiefsten Skepsis, vom vermummten Ja bis zum Ersatz für ein Kopfschütteln, vom genüßlich langgezogenen Rühmen bis zum ungeduldig vorantreibenden Schnellverstehen, im Grunde jeder Affekt läßt sich mit Hm vertonen, freilich je nach Ansehen und Autorität des Hm-Machers. Eine Person in untergeordneter Stellung ist meist gefordert, den Mund etwas weiter aufzumachen. Ein gewisses Maß an Souveränität muß einer schon besitzen, um sich dem verfeinerten Spiel von Stimme und Stimmung zu überlassen und aus einem Hm alles das herauszuholen, wozu andere viele Worte gebrauchen. Häufig genug indessen ist es auch ein unfreier Laut, ein Laut des Verschweigens, ein Akzent der inneren Unruhe und der neurotischen Verständigungspanne. Man erinnert sich vielleicht an das verstört beiläufige »Hm, Hm«-Staccato des Erdnüsse knabbernden Anthony Perkins in ›Psycho‹, kurz bevor er seinem Opfer das Motelzimmer vermietet. Ebenso hängt mir nach das kleine, störrische Hm einer verlorenen Freundin, das sie jedesmal herausließ, wenn sie einen Satz, eine Feststellung beendet hatte. Sollte wohl heißen: ja so ist es. Konnte aber auch ein Laut der Bestätigung sein, die sie vom anderen gern empfangen hätte. Nicht eigentlich zufrieden mit sich, ein Zwischenbilanz-Hm, ein bißchen skeptisch, zugleich aber auch ein sich selbst gegebener Ansporn weiterzureden: so klang es. Nervös und ihr unbewußt passierte es. Ein anderes, ebenfalls zerstreutes und tickhaftes Hmhm, stets bei geschlossenem Mund, in der Kehle eines Mathematikers, den ich einmal für wenige Stunden traf. Es erfolgte immer in längeren Gesprächspausen, gleichsam als ein phonetisches Nachzucken auf einen längst verklungenen Redeabtausch hin. Es schien mir einesteils die Folge eines abgewöhnten und verschobenen Stotterns zu sein, klang aber doch auch wie der Ton eines verschwiegenen, tieferen Einwands und Mißtrauens von Person zu Person. Hier war das Imaginäre/das Unbewußte im Prinzip nicht einverstanden mit dem, was *wirklich* gesprochen wurde.

Die Interjektionen sind die unwillkürlichen Hupfer des Gemüts in den Mund, und wer weiß, am Ende ist vielleicht alle menschliche Rede nichts als eine solche Interjektion, ein Dazwischenwurf, ein Empfindungswort gewesen auf das unendliche Gemurmel der Natur.

Mutter und Tochter, beide alt, da Armut und Selbsthaß ihnen die gleiche Maske der Verwahrlosung aufs Gesicht gedrückt haben, schleppen sich an einem heißen Sommernachmittag mit einer dicken Einkaufstasche über den leeren Kirchplatz. Die Tochter erzählt unentwegt etwas, gibt ein monotones, kaum verständliches Geloddel von sich. Die Mutter hat ein Wort aufgeschnappt: »Beasix? Was ist das? Tee oder Brühe zum Aufgießen?« Die Tochter, indem sie für die Dauer der Frage abrupt verstummte, loddelt ungerührt weiter. Offenbar erzählt sie nicht, sondern sagt nur eine Unzahl von Waren-Namen daher. »Beasix hast doch gesagt«, fragt die Mutter noch einmal, »was ist das?« Die Tochter: »Nix hab ich gesagt.« Einzig dieser Satz kommt klar und schroff hervor, und gleich fließt das Geloddel weiter, der (Wunsch?)Strom der Waren-Namen, den sie nicht halten kann – die Waren (in der Tasche), die sie nicht halten kann – die Waren, die sie nicht erhalten kann – die Namen, die sie nicht bei sich behalten kann.

Die Verkäuferin hat sich die monotone Preisansage eines Automaten, wie man es aus U-Bahnhöfen und Parkgaragen im Ohr hat, angewöhnt. Ebenso freundlich und unbewegt sagt sie: »Bitte zahlen Sie sieben Mark und achtundzwanzig«, statt »Siebenachtundzwanzig!«, wie es unter Menschen üblich ist. Das Vorbild ihrer Höflichkeit ist ein Automat, ihn ahmt sie nach.

Wenn in einem Film wie in Viscontis ›Leopard‹ der Fürst den Diener ruft, damit dieser ihm in den Rock helfe, vernehmen wir aus dem Publikum den schlappen Seufzer eines sozialkritischen Fräuleins, und mit einem »Achgottachgott« oder »Aua aua« wird nicht der Film (übrigens auch nicht die Sicht des Regisseurs), sondern lediglich die Figur des Fürsten, wie der Bösewicht im Kasperlespiel, abgekanzelt. Diese Gegenwartsfreaks sind nicht mehr bereit, irgendeinen Abstand zwischen der Geschichte und sich selber sowie ihren alles durchschauenden, nichts erblickenden Organen anzuerkennen. Sie beziehen die Zeichen der Erzählung unmittelbar auf sich und messen alles an ihrem eigenen herunterdemokratisierten, formlosen Gesellschaftsbewußtsein. Dabei spürt man zugleich, wie wenig noch an Kraft, Zorn, Richtung hinter solchen Einwürfen steckt. Nur mehr das tuttlige Kreisen einer längst verkalkten, selbstzufriedenen Kritik. Wenn es dagegen später im selben Film heißt: » . . . und buhlen um die Herrschaft« oder so ähnlich, dann freut sich einer von den ganz Jungen. Was soll sich ein »Quadrophenia«-Hirn unter *buhlen* vorstellen? Der Junge hat das Wort noch nie gehört. Aber gern schnappt er's auf, steckt es sich wie einen neuen Button an seinen Jargon.

Überlieferung. Vier Angestellte des Phono-Handels, darunter ein älterer, wohl der Abteilungsleiter oder Geschäftsführer, verbringen einen gemeinsamen Einstandsabend. Ein Mädchen mit frechem, etwas lüstern verzogenem Gesicht, mit dunklen Augen, gekräuseltem braunem Haar, das sie an den Seiten, hinter den Ohren hochgesteckt hat nach Frisuren aus den dreißiger Jahren. Sie trägt zur Unterhaltung bei mit einem unter Angestellten bekannten Scherz, indem sie mit Filmtiteln die verschiedenen sozialen Rangstufen eines Betriebes charakterisiert. »Die Lehrlinge: ›Soweit die

Füße tragen‹. Die kleinen Angestellten: ›Denn sie wissen nicht was sie tun‹. Die Verkäufer: ›Betrogen bis zum Ende‹. Das Management: ›Der Millionendieb‹« usw. Merkwürdig, dieses Mädchen einen geerbten Scherz erzählen zu hören, war sie doch viel zu jung, als daß ihr die erwähnten, zum Teil längst vergessenen Filme ein Begriff hätten sein können.

Das fernsehsüchtige Fürsorge-Mädchen mit seinem schönen kindlichen Punkschädel, dem kurzen, schwarzgefärbtem Stachelhaar, fragt den Japaner Löcher in den Bauch, ob es in seiner Sprache irgendetwas gäbe, das in ihrer deutschen nicht vorhanden wäre. Als er alle möglichen Eigentümlichkeiten nennt, diese aber doch auf deutsch umschreiben kann, winkt sie ab: »Ich seh schon, da gibt es auch nichts, was ich nicht schon wüßte.« Sie ist vielleicht 14, höchstens 16 Jahre alt, hat keine richtige Schule besucht, *träumt* aber davon, auf die Rudolf-Steiner-Schule zu gehen. Als ihre Freundin, gut zehn Jahre älter als sie, einmal das Wort ›Erlös‹ gebraucht, versteht es die Kleine nicht und zieht die runde Stirn in Falten. »Erlös«, sagt die Mutter-Freundin, »ist das Geld, das so ein Konzert einbringt.« Angewidert steht sie auf und blättert in einer Programmzeitschrift.

Mochte den Vater nicht, mochte die Tochter nicht, die ich miteinander streiten hörte. Sie war vielleicht 17 und wollte mehr Geld, er war Anfang vierzig und wollte es nicht geben. Die Tochter beschimpfte den aus der Studentenbewegung hervorgegangenen Maler-Professor mit einem großspurig aggressiven Vokabular, das dieser einst selbst mit in Umlauf gebracht und auch heute noch drauf hatte, nur nicht dann, wenn es darum ging, sich der Zahlungsansprüche aus geschiedener Ehe zu entziehen. Zwischen ihnen wirkte der Generationskonflikt wie ein fauler Witz der Geschichte oder wie ein ernstes Intermezzo von Nicht-Geschichte. Ich merkte nur: ich will von beiden nichts mehr wissen. Das Falsche ist gleich gut verteilt. So wie man auch weder für diese noch für irgendeine andere Staatsform ist.

Mitgelaufen vom Wittenbergplatz bis zum Nollendorfplatz, mitgelaufen in der Menge der Hausbesetzer und ihrer Freunde, allein inmitten guter Gruppen, vieler Paare. Dutzende von Wannen, Polizeifahrzeuge aller Art, trieben uns die Kleiststraße hinauf. »Zum Kottbusser Tor!« riefen sich die versprengten Demonstranten zu und einige nahmen die U-Bahn. Aber nein, hier muß ich umkehren. Kann nicht Mitläufer bei den Jungen sein. In Strömen kommen sie mir noch entgegen, jetzt da ich als einziger Passant in Gegenrichtung zurückgehe. Mit und ohne Wut gegen die Macht, ein einziges einigendes Gefühl. Oh wenn sie kommen! denken die Bürger, und stürmen nicht nur die leeren, sondern auch unsere Häuser und unsere bewohnten Wohnungen und reißen uns aus den Betten . . .! Das Haus wird besetzt! Da wirkt die große Chiffre stärker als die eigentliche Tat. Haus und Daheim und unser Eigenstes sind in Gefahr. Nicht der Staat, wer ist das schon? Ich traue indessen auch keinem dieser Mitläufer, keinem!

Und doch: wären sie nicht, wäre keine Bewegung, kein Gegensatz – also kein Sinn. Für den Außenstehenden ist Erregung, Wichtigkeit, Höheres im Spiel – für die Handelnden ist das Politische nur ein billiges Nest. Ich verabscheue daher ihren leichten Mut gegen die Polizei; was hat der schon zu bedeuten, wenn einer kein Gramm mehr von sich selber spürt und noch die Prügel, die er einsteckt, als Fakir der Solidarität erduldet. Endlich wieder Krawall! Genau das, was wir brauchen. Zuviel blieb unaufgebrochen in den letzten Jahren und ist ins Private abgelenkt worden. Aber wenn man schon einige nicht unbedeutende Staatsfeinde zu Staatsdienern hat werden sehen, ist man nicht mehr so übertrieben hoffnungsfroh. Am nächsten Morgen steht der unverblümt zynische Ausspruch eines Polizeipsychologen in der Zeitung: »Drop outs, Krawallmacher und Co, das sind Leute, die noch nicht gelernt haben, ihr Normalmaß zu akzeptieren.« Hier spricht die Polizei im Namen der Ernüchterungsstrategie des Lebens selbst. Nein, nein, wir knüppeln euch nicht ins Normalmaß hinein. Wozu? Es geht ja ganz von selbst. So ist das Leben. Und, aus den eigenen Reihen, fielen nicht genug nach und nach diesem kläglichen Prozeß zum Opfer und erfüllten am Ende gar das Erfahrungsmuster der Polizeipsychologie? Aber es gibt andere Menschen, Künstler zum Beispiel, die nicht mit der Jugend allen Mut verlieren, sondern indem sie älter werden, nur um so radikaler und unerbittlicher das ihre vertreten. Von ihnen könnte manch ein Radikaler der Politik lernen, wie man sich vor Orthodoxie und Ledergarnituren schützt ... Auf zum Kottbusser Tor! Nur wer die Bewegung mitmacht kann zum Denken kommen. Die müssen sich aus ihren erstickenden Watte-Hüllen selbst herausbeißen.

Herkunftsort. Ich ging in meiner Landschaft, daheim, hoch und runter an den Hängen und über die Höhenfelder des Westerwalds, oberhalb des engen Tals der Lahn, an deren anderem Ufer der Taunus beginnt. Hinter dem Elternhaus führt jetzt steil aufwärts eine Schneise, ein gräßlich gelichteter Streifen durch den Kindswald; darin verkehrt eine computergelenkte Bergbahn, die unsere Kurgäste aus dem Städtchen schnell hinauf in die Höhenluft und zu einem neuen großen Krankenhaus-*Komplex* befördert.

Oh, und ich kam vorbei an unserem verwilderten Hanggrundstück, der Zaun war niedergerissen, das eiserne Gartentor war aufgebrochen und das Steinhäuschen auch, und halb niedergebrannt. Das Häuschen! Der einzige immer wiederkehrende Ort und die Schildwache meiner tieferen Träume, das Versteck der frühen Verbote. Verwahrlost, angesengt, ausgeräumt, bestohlen steht da der Anfang halboffen, aber ich mag nicht hineinsehen. Über die Höhen geht es ins Nachbardorf hinab. Nebel und Wolken, die den Schnee verhalten, und ein blutleeres Blau der Sonne. In der einstigen »Reichsstadt« neben der Tausendjährigen Eiche lange am Fluß der Lahn gestanden, diesem kleinen ruhigen, fast umarmbaren Gewässer mit seiner eigensinnigen Strömung, und die Spannungsränder der kleinen Flächenstrudel räkelten sich wie lange Wasserwürmer und lösten sich auf. Später am Wehr, an der Schleuse, von deren Brücke die Mutigen von uns heruntersprangen, und mindestens zwei während meiner Schulzeit sind tot geblieben in diesem Flüßchen, dem sanften, und dann an der Badeanstalt innegehalten – inne? Ach, unmöglich erscheint mir das Erinnern. Der Ort verwandelt, überwachsen, abgebröckelt – doch die *Szene*, die dort entdeckt wurde, ist es nicht: die Begierde, das Zappeln, das Nicht-Dösen, das Dahinterkommen-Wollen, das gleiche wie ein Vierteljahrhundert zuvor. In dieser Szene sagte ich eben noch zu meinem Schulfreund, als wir nach den Hausaufgaben am freien, warmen Nachmittag in den Badehosen lagen und Ausschau hielten, ich wolle doch einmal philosophieren und ein unaufhörliches Buch (»über Alles«) zu schreiben beginnen, und so ist heute mein geringster Schrieb um keinen Deut bescheidener und weniger verlangend, als am unaufhörlichen Geweb ein Fädlein weiterhin zuzusetzen. Die Szene hält an, der Ort ist abgebröckelt.

Hier *entstand* nichts. Hier ward etwas als wesentlich erwischt, das mich nicht müde werden ließ, es wieder und wieder zu erwischen. Mein einziges wahres Erlebnis von Zeit ist das einer schwanken Synchronität. Ohne den unausweichlichen Ausblick auf den Fluß (aus jedem Fenster der elterlichen Wohnung), ohne vom Fluß einen unausweichlichen Begriff zu gewinnen, wär ich nicht in die Nähe des Denkens gekommen und hätte auch nie die andere Seite des Flusses zu denken gewagt, welche die des Nicht-Vergehens und der Stille ist.

Schrieb

Er saß draußen auf dem freien Land, fern jeder Unterkunft, es war im Herbst und er las in einem Buch das Wichtigste, was er je zu lesen bekommen hatte. Darüber fiel die Dämmerung herein und bald die wirkliche Dunkelheit und er kämpfte draußen in der Natur, wo es kein künstliches Licht gab weit und breit, mit dem Entziffern, doch das Buch verhüllte sich ihm unaufhaltsam, entschwand in seinen Händen und verschwärzte. Nie gewann er dabei die Zuversicht, daß er ja am nächsten Morgen beim ersten Lichtstrahl getrost hätte weiterlesen können. Er war im ganzen erfaßt durch den unausweichlichen Entzug: die Erblindung – die Trennung – die Kastration.

Nur die *Sprache*, sagte er sich, hat dich bisher diese wie immer auch elende Einsamkeit überhaupt ertragen lassen. Du hast ja keine Ahnung, was geschieht, wenn diese Sprache einmal Alles von dir fordert und bis auf den scheinbarsten Huscher fast gänzlich wegfällt. Du weißt ja nicht, was wirkliche Einsamkeit ist, bevor du nicht dies äußerst geringfügige Rascheln nur noch, irgendwo am Rande deines Geistes, vernommen haben wirst. Du hast ja keine Ahnung, wie du dann wohl sitzen und kauern mußt, wenn erst die Worte unter sich, du aber ausgeschlossen und erkenntnislos.

Es schafft ein tiefes Zuhaus und ein tiefes Exil, da in der Sprache zu sein.

Daß ihm der Text nicht die einzige Flamme ist, in der alles übrige verlangende Gesträuch auflodernd verginge, wird ihm oft genug zur strengen Qual. Er will Text sein und weiter nichts. Er schämt sich jeder anderwärtigen Sehnsucht. Und welch ein Baumeln über dem Abgrund, wenn er nur saumselig, ermattet und bitter am Text ist! Die Störung ist nicht, daß man schlecht schreibt, sondern daß man das Schreiben für etwas Schlechtes hält.

Man schreibt nicht über etwas, man schreibt *es*; man liebt nicht jemanden, man liebt sie (die Liebe). Die Liebesbegegnung mit ihrem Strahlkranz der Rücksucht, mit ihrem Mythos von der wiedereingeschmolzenen Persönlichkeitsmasse. Das Schreiben deutet die Sachlage des Fehlens. Alles fehlt, wo der Buchstabe ist. Die entschwundenen Dinge, den entschwundenen Leib zu begehren ist die ursprüngliche Erotik der menschlichen Sprache, die nur über Sinn und Symbol Verständigung schafft statt durch unmittelbare Reizauslöser (wobei freilich unser Rufen und Sprechen unterschwellig auch dem Verhaltensmuster gehorcht, das dem der Singvögel gleicht, wenn sie ihr Revier abstecken und untereinander ständig in Stimmfühlung bleiben).

Das Zeichen selbst hat auch eine Physis, die Schrift ist auch Zeichnung, ist – halbwegs, verschrumpelt – ein Ding, schmaler Aufstrich, ein Hauch von Materie, Schmuck und Sekret.

Das Mal allen Schriebs hat jeder.

Das geknüllte in uns,
des Nachts dehnt es sich, das verworfene Blatt mit einer verkehrten Anfangszeile.

Octavio Paz: »Der Schriftsteller spricht nicht vom Nationalpalast, vom Volksgerichtshof oder von den Büros der Zentralkomitees aus; er spricht nicht im Namen der Nation, der Arbeiterklasse, der Parteien. Er spricht nicht einmal im Namen seiner selbst: das erste, was ein wahrhaftiger Schriftsteller tut, ist, an seiner eigenen Existenz zu zweifeln. Literatur beginnt, wenn einer sich fragt: wer spricht in mir, wenn ich spreche?«

Und Valéry sagt: »Anonymität wäre die paradoxe Bedingung, die ein Tyrann des Geistes der literarischen Kunst auferlegen sollte. ›Letzten Endes‹, könnte er sagen, ›hat man in sich selbst keinen Namen. In seinem eigenen Innern ist keiner *Der und Der.*«

Man schreibt einzig im Auftrag der Literatur. Man schreibt unter Aufsicht alles bisher Geschriebenen. Man schreibt aber doch auch, um sich nach und nach eine geistige Heimat zu schaffen, wo man eine natürliche nicht mehr besitzt.

Was soll man sagen zu der grundsätzlichen Abseitigkeit von Schreiber und Schrift? Wer sind wir denn gegenüber der Medienmasse und der Gewalt der Belanglosigkeit? Nichts und nie etwas. Nur indem ich sage, es gibt mich nicht und dich, Schrift, nur am Rand einer Wellenbewegung, die mein Abtauchen hervorruft, weise ich uns die eben noch angemessenen Plätze zu. Der kugelnde Kopf eines Betrunkenen in fortströmender Flut, der kurz vor der Schwelle zum Ruf gurgelnd zurück ins

Gewässer sinkt – das ist das Fading des Kunstwerks, und das im Entwischen Erwischte bildet den Kern seines Realismus. Unwichtig: ohne Gewicht ist inzwischen jegliches Buch. Das erfüllte, komplexe, schwerdurchdringliche, sofern es der ›innere Markt‹ überhaupt noch entstehen läßt, findet ebensowenig einen Boden, um anzuwurzeln, wie das anschmiegsame und gerngesehene Werk der Saison. Wo nichts aufgebaut wird, kann auch das Widerstrebende sich nicht halten. Gemeinsam fallen alle Werke der Herrschaft der Geschwindigkeiten, der wachsenden Beschleunigung und der totalen Passage zum Opfer. In der Dromokratie (dem Machtsystem der Beschleunigungen), in der wir, wenn Paul Virilio recht hat, inzwischen leben bzw. uns die Zeit vertreiben, ist *Bestand* haben etwas Gesetzwidriges.

Hier ist selbst die gründlichste Wahrheit dazu verurteilt, nur eine »Welle« von kurzer Dauer zu sein. So wird zum Beispiel auch die seriöse ökologische Literatur (mitsamt der sie umflutenden freundlichen Alternativ-Presse) vom Kassentisch der Buchhandlungen wieder in die Spezialistenecke verschwinden, genauso wie das vor einigen Jahren mit dem verschwenderischen Schrifttum aus linken Seminaren geschehen ist. Binnen kürzester Zeit kriegen die Medien die Unkerei satt, die Bewegung kriegt sich selber satt, bevor nur das geringste zur Verbesserung unserer Lage unternommen worden ist. Der Überdruß ist der absolute Souverän unserer Kultur. Wenn es je zu einer sogenannten Katastrophe kommen sollte, dann wird sie höchstwahrscheinlich zu einem Zeitpunkt stattfinden, wo sie überhaupt nicht mehr gefragt ist, und man wird sich den Luxus eines gähnenden Entsetzens gönnen.

Paradoxerweise wäre gerade dies, auf dem Höhepunkt der Unerheblichkeit seiner Existenz, die Stunde des Dichters. Nichts könnte jetzt vorbildlicher und nützlicher wirken als die Begabung, mit *seiner Zeit* zu brechen und die Fesseln der totalen Gegenwart zu sprengen.

Aber sind wir nicht in dieser Gesellschaft bloß eine Minderheit unter anderen, eine Gruppe von Behinderten unter anderen, die längst auf die Allgemeingültigkeit ihrer Rede verzichtet hat? Hat uns die Macht des Vielfältigen, die Bunte Liste der tausend Spleens und Richtigkeiten nicht unfähig gemacht, einem wie auch immer imaginären *Ganzen* gegenüber die exzentrische oder avantgardistische Stellung zu beziehen, durch die es erst Gestalt gewinnt? Ich rede nicht von den Journalisten, die sich Schriftsteller nennen und die allemal das Bedürfnis ›dieser Tage‹ zu befriedigen verstehen. Ich rede einzig von den schwierigen Spielern, den Erben der Moderne, den unruhigen Traditionalisten, den pathetischen Manieristen und allen übrigen, die in den Augen der Mehrheit für überflüssige Spinner gelten. Und davon gibt es ja nur noch wenige, verschwindend wenige. Ausgerechnet jetzt, da der Konsum total geworden ist (und in diesem Punkt unterscheidet sich die Lektüre der Randgruppen in nichts von der des Lesering-Publikums), fehlt es doch an einer neuen Literatur, die aus der entschiedenen Absage an diese Konsumierbarkeit eine große und wesentliche Kraft bezöge und eine Strömung entstehen ließe, die freilich nicht wieder die Verspätung selbst zum Fließen brächte, indem sie lauter französischen Abhub und kränkliches Artaudgeflüster mit sich führte. Aber in einer Zeit, in der die Literatur selbst zum Außenseiter der Kultur geworden ist, wird der Außenseiter *in* der Literatur aus seiner exzentrischen Rolle verdrängt. An die Stelle des Neuen ist der offizielle Betrieb der Moden und Trends getreten, d. h. die Stelle des Neuen nimmt in erster Linie die neue Nachricht ein. Inzwischen verhält sich auch der kritische Geist gegenüber dem Neuen im weitesten Sinn eher allergisch; er lernt gerade, zeitgemäß, das, was da ist, intensiver zu nutzen. Eine Avantgarde aber, die nicht davon durchdrungen ist, daß die Allgemeinheit, der mittlere Troß eines Tages an ihre Stelle rückte und sie zum Gemeingut erhöbe, entbehrte für ihre Aufgabe der nötigen Kampfeskraft. Doch wer könnte noch so blind an seine Sendung, an die unanfechtbare Bestimmung der Dichtung glauben, wie es, sagen wir, ein Mallarmé getan hat, der davon überzeugt war, daß die Arbeit der Welt in Dem Buch sich vollenden werde. Das Buch zur Metapher für das universale Archiv unserer Kultur zu erheben, wäre heute ein ebenso harmloser wie obsoleter Privatspaß. Die Arbeit der Welt des Kopfes wird vermutlich in 87 Fernsehkanälen enden und das Mallarmésche Buch wird ein Kultobjekt eines winzigen Geheimzirkels an der Universität von Wisconsin sein und nur dort und nirgends sonst auf der Welt wird man ihm ein ehrendes Andenken bewahren. Wo die Schrift selbst aus dem Zentrum der Kultur verschwindet, wird der Außenseiter unter den Schriftstellern, der Exzentriker, zur trolligen Figur – der Radikale, der in die Wurzeln greift auf einem im ganzen abrutschenden Kontinent.

Ich mochte nie glauben, daß Nietzsches Krankheit, die mit fortschreitender Gehirnerweichung endete, ihren Ursprung lediglich in einer luetischen Infektion gehabt haben soll. Das klang doch immer wie die bösartige Mystifikation des Philisters, die er gegen Nietzsche, den Bösen, verhängte. Ausgestattet mit einer anfälligen Seele, derzufolge ein umwälzendes, den ganzen Schreiber mitreißendes Schreiben, demzufolge eine gesteigerte, unmenschliche Einsamkeit, derzufolge eine innere Menschenlosigkeit und ein Gebrüll des Mannes – wer so radikal ist, den greifen die Wurzeln sich.

N.s oftmaliges, entzücktes Handgeben.

Gehirnerweicht lieb; schutzsüchtig. Aufbewahrung! Aufbewahrung ... wenn's bloß nicht zu anstrengend ist. Die Mutter: »Die rechte Hand auf seiner Stirn und ihm vorlesen, ist ihm das allerliebste und bekomme da immer einmal einen Handkuß und ein Zuflüstern: ›ich bete dich an, mein liebes Mutterchen!‹«

Ich bebe keine Pferde, sagt N. häufig, weil er ›liebe‹ nicht über die Lippen bringt. Er badet in Naumburg in einer Pfütze, entblößt sich. Die Mutter findet ihn nirgendwo. Da kommt er an der Seite eines Polizisten heiter daher.

Wir möchten in ihnen heute nichts als die Leidensgrößen denken: Kleist, Hölderlin, Nietzsche, Kafka, Celan. Diese sind uns die einzig Authentischen. Die Bürgen unseres kleineren Loses der Fassungslosigkeit. Aber wie Abschied nehmen vom kleinen Geschick? Nichts ist leichter und eitler, als den Keim eines Schreis, den ein anderer, in seiner Größe zerbrechender Mensch einmal tat, sich selber einzupflanzen.

Man kann auch Stile und Gesten clonen. Man kann dieser oder jener werden wollen, doch nichts ist zurückzugewinnen. Schnell wird die literarische Leidenschaft solch ein Gerät: ein Gestenspender. Die Geste Goethe wandert schon seit über hundert Jahren durch deutsche Dichter. Die Geste Hölderlin, die Geste Artaud bieten ebenfalls heute einen Schutz. Das will sagen: *wir* Außenseiter, *wir* Schizos – du Hölderlin und ich, der dich erkennt. Es gibt eine Form von Verehrung, die jede Scheu vor der unverwandten Größe verloren hat. Dann nimmt das Verlangen von uns Sozialversicherten überhand, sich eine Heroik für das eigene unansehnliche Leid auszuborgen.

Der Dichter, sagt Valéry, »stellt her, wonach ihn verlangte. Er stellt Pseudomechanismen aus sich heraus, die imstande sind, ihm die Energie, die sie ihn gekostet haben, zurückzugeben oder sogar noch mehr.« Warum sollte dieser oder jener Mann aus einem anderen Grund ein Kunstwerk beginnen, als zu erwarten, daß es, gelingend, seine Lebenskräfte stärke. Diese Theorie ist ein bißchen römischer und daseinsfroher als jene vom Mangel, von der Sublimation, vom subjektiven Leid oder vom gesellschaftlichen Auftrag. Es ist immer Freude an diesem Mehr von Energie, das das Kunstwerk dem Lustaggregat der Welt zuführt, und sei es auch nur ein winziger Stoß. Es ist immer Freude, kunstwerkliche, an dem zerfallenen Roman, am schmerzlich abgebrochenen Vers, am tönenden Labyrinth, am tachistischen Mal. Freude selbst noch am blutigen Kot, den man den Lamien hinkehrt. Es gibt keine Kunst der Unlust.

Ein »vorästhetisches parti pris für Stoff und Mitgeteiltes«, das Adorno einmal der Lukácsschen Literaturtheorie vorhielt, bestimmt wohl immer das ungeschminkte Interesse der Masse an einem Kunstwerk. Trotzdem erschrickt man, wenn es auch in einem jungen neugierigen Publikum als das vorherrschende Kriterium auftritt, sobald ein Buch oder ein Film befragt wird. *Muß man denn alles noch einmal sagen?* Die großen ästhetischen Lehrer unserer Generation scheinen gegenwärtig so gut wie keine Nachwirkung zu haben. Überlieferung, außerhalb einiger besserer Feuilletons, findet nicht statt. Das Interesse der Jungen, welches lebhaft genug ist, bleibt unbeholfen. Von keiner intellektuellen Autorität mehr abhängig oder im stillen bemahnt, so daß gewisse Horizonte, wie damals bei uns, nicht einfach unterdämmert werden durften, führt jetzt eine eher marode, egozentrische Naivität mit reichlich abgegriffenen Worten die Meinung an. Es ist natürlich auch im Geistesleben kein Platz für einen linearen Fortschrittsglauben. Positionen und Einsichten, die schon einmal in ein relativ breites Bewußtsein eingedrungen waren, können und müssen sogar zeitweilig wieder vergessen werden. Die Unsitte aber, ein Kunstwerk ausschließlich auf seinen kritischen Gebrauchswert hin durchzumustern, es auf dem Prüfstand entweder einer subjektiven ›Betroffenheit‹ oder eines flachen Sozialkritizismus zu messen, untergräbt gewissermaßen die freiheitlich symbolische Grundordnung der Kunst. Wo Ertrags- und Aussageermittlung jedoch im Vordergrund stehen und die Lust am Spiel mit den ästhetischen Zeichen und Vorhalten, die Lust an der Schönheit auch, zu verderben drohen, wird das produktive Gedächtnis, das Kunst jedem schenken kann, nicht weiter ausgebildet, sondern derart verkürzt, daß es getrost gegen das passive Archiv des TV-Menschen eingetauscht werden kann.

Der Busfahrer, der eine Ladung Theaterfreunde vor einem Zirkuszelt abgesetzt hat, in dem ein kritisches Zeitstück aufgeführt wird, der sich selbst mit dazu setzt, aber nur für eine Weile, dann erregt, doch ohne ein Wort zu verlieren, das Zelt verläßt, sich in seinen leeren Bus hinter das Steuerrad setzt und mit dem Bus aufgebracht und ziellos durch die Straßen fährt. Warum? Weil in diesem Stück von Beginn an der ›übliche Kleinbürgermief‹ ein Ziel des Spottes war, weil *sein* Zuhaus, *seine* Einrichtung, seine Kleidung, seine Ansichten und seine Familie der Lächerlichkeit preisgegeben wurden, weil er selbst öffentlich beleidigt worden war.

Wenn schon das Publikum nicht mehr gewillt und gewohnt ist, die symbolische Sprache eines Stücks zu verstehen, wenn es Ort und Stoff der Handlung in einer unumwundenen 1 : 1-Dimension auf die eigene Erlebnissphäre und Realität bezieht, warum sollte es da nicht einmal zu einem solchen Aufstand des Naiven, des Wilden der Kunst kommen, der seine Identität an das Theater zu verlieren fürchtet?

Das Kunstwerk bewahrte uns einst vor der totalen Diktatur der Gegenwart.

Die Gruppe unter den Malern des 19. Jahrhunderts, die sich die Deutsch-Römer nannten, unter ihnen vorrangig Feuerbach, wandte sich ab von der ›Sauepoche‹ des frühen Industrialismus und den ›Idealen des Humanismus‹ zu, den Vorbildern der klassischen italienischen Malerei. Wir haben inzwischen keinen Grund mehr, eine solche Haltung als hochmütige Fluchtgebärde, als restaurative Verzückung zu verunglimpfen. Dazu müßte uns ein Progressismus in der Kunst mehr bedeuten, als er es noch tut. Inwieweit ein Kunstwerk zu seiner Zeit Kongruenz und Gegenwartsnähe bildet, inwieweit ihm, nicht nur in technisch-formaler Hinsicht, vorwärtsdrängende und bahnbrechende Verdienste zukommen, ist längst nicht mehr die aufregendste Entdeckung, die wir an ihm machen können. Wenn einer nur in dem, was er hervorbringt, offenkundig ›nicht anders kann‹, so bietet er unter Umständen selbst in der entschlossenen Abkehr von seiner Epoche eine merkwürdigere Folie von Zeitgenossenschaft als andere, die, immer dem anbrechenden Morgen hinterher, in Zeiten des Umbruchs Neues mit Neuem zu vergelten suchen. So erblicken wir heute in Feuerbachs großen Gemälden weniger die Monumentalität des edlen Scheins; der Zwang zur altertümlichen Manier erschließt sich uns eher schon als ein extremer Traum von geschichtlicher Geborgenheit; seine hehren Gestalten als Paranoia einer zuchtvollen Menschen-Ähnlichkeit, erhöhte Geschöpfe einer gewaltigen Verlustangst an der Schwelle zu einer Welt der tollen Neuerungen. Steht man heute vor der ›Pietà‹ in der Münchner

Schack Galerie, wirkt der Anachronismus Feuerbachs auf einmal beunruhigend. Der Schulbuch-Schwindel ist verflogen; man sieht die Einheit von Riß und Form. Die Ikonographie erfüllt, still, getragen, übergroß, die Pathosgebärde der alten Malerei; sie bedient sich zugleich, sparsam, einiger Details von sinnlichem Gewicht, die dem ›modernen‹ Realismus angehören, einem Realismus freilich mit idealischem Antlitz, der die Darstellung vor der leeren Formelhaftigkeit ebenso wie vor dem allzu nachbarschaftlichen Gefühl des Betrachters bewahrt.

Die am Corpus Christi kniende Maria Magdalene, den Kopf in Tücher gehüllt, hat sich weinend über seine Brust geworfen. Ihre Linke – eine entkräftete, lassende, krumme Pfote – liegt in der rechten Schlüsselbeinkuhle des Leichnams, liegt da wie auf einer Tischplatte, so daß das tote Fleisch, das hier beweint wird, nicht sinnlicher hervorgehoben werden könnte. So liegt eine Hand nur auf lebloser Materie. Man kann auch sagen: diese Hand ruht auf dem Corpus wie die Hand einer eingeschlafenen Köchin auf dem Nudelbrett. Die Dornenkrone liegt neben der Bettstatt, neben dem herabhängenden Arm des Erlösers wie das Gebiß, das ein Betrunkener sich vor dem Schlafengehen aus dem Maul gerissen hat. Denn plötzlich befällt den Betrachter ein unwiderstehlicher Zwang zu solch rüpelhaften Vergleichen und er weiß, daß der Maler irgendwo für einen Augenblick, eine Straßen-Szene lang, in seiner alltäglichen Umgebung etwas erblickt hat, das Linien und Formeln der Pietà in sich trug (was für diesen Fall im übrigen auch bezeugt ist). Und: die Augen der Formeln gruben sich in den banalen Vorwand und die Formeln dankten der Banalität ein neues Leben. Formel und Fund bilden gemeinsam die Faust des Werks, den Stoß, die Durchsetzungskraft. Von daher entsteht auf dem späteren Gemälde dann jene täuschende Ähnlichkeit unserer Empfindungen mit der unerreichbaren Trauergebärde der Pietà. Diese Gebärde existiert allein im (kunst)geschichtlichen Raum, in einem, sagen wir, Raffaels Andacht und Feuerbachs Eisenbahnfahrten verschmelzenden Zeit-Raum. Selbst in einer von ideal bemessenen Menschen in einer perfekt nachgestellten und koloritgetreu ausgeleuchteten Szene, die man filmte oder fotografierte, würde sie niemals erscheinen. So ist es die Geschichtlichkeit *in* einem großen Bild, die wir dankbar aufnehmen und die uns für eine Weile erlöst – nicht von den Sorgen des Alltags und der Wirklichkeit, ganz im Gegenteil, die blicken mit, sondern erlöst von den Qualen einer illusionären Optik, die uns die totale zeitliche Eindimensionalität des fotografischen Abzugs aufgezwungen hat. Wir schöpfen schon deswegen Atem vor einem Gemälde, weil es Bild und Anti-Film-Bild zugleich ist. Nicht die Schrift, nicht die Musik, zuerst und paradoxerweise ist es das Gemälde, das uns vom visuellen Müll, der die Sinne belastet und zersetzt, reinigen könnte. Es gibt kein besseres Verbrennungsaggregat als die imaginäre Einstrahlung eines großen Bilds.

Heidegger (in seinem Heraklit-Buch): »Alles Wesen ist in Wahrheit bildlos. Zu Unrecht fassen wir dies als einen Mangel. Wir vergessen dabei, daß das Bildlose und also Unanschauliche allem Bildhaften erst den

Grund und die Notwendigkeit gibt . . . Alles Anschauliche ist ohne das Unanschauliche, das es zu schauen geben soll, nur ein Augenreiz.« (Woher sonst der starke Überdruß an dem zunehmend bloß Anschaulichen bei gleichzeitig großem Mangel an *Wesen*, wie es die meisten neueren Filme bieten?)

Ich mag nur noch sagen: ›ein Haus‹. Es ist mir zuwider zu sagen: ›ein Fachwerkhaus‹, ›ein Klinkerbau‹, ›ein Mauerverputz wie Streuselkuchen‹ usw. Jede Art von sondernder Beschreibung wirkt am Unheil der Zerstreuung und der Überinformation mit, durch das wir ohnehin schon bedroht genug sind. Schreiben heißt auch, gegen den individuellen Blick vorgehen, das treffende Detail abwehren. Wir haben zu lange vom Reichtum der Differenz gelebt. Das Grobe und das Gleiche sind das Interessante; das Wirkliche ist das Wenige.

Das Rascheln der Gründe: man tut irgendetwas, streift am Abend die Kleider ab, deckt einen Topf auf oder läßt eine Mütze fallen, da rührt es sich, plötzlich im Geräusch, und man sinnt weit hinaus. Ich sehne mich nach den Zurufen in der Wüste, wie ich sie von Yukel und Sarah in den Büchern von Edmond Jabés vernommen habe. Ein Zwiegespräch, gerufen, mit viel Echo, feinstem Überschwang jeder über den anderen. Ein Sprechen, das selbst der vollkommenste Akt des Sich-Verzehrens ist, eine kluge – eine unerfüllte Liebe.

Die absolute Muße, die *freie* Zeit beginnt erst, wenn das Warten restlos verschwunden ist.

Ernst Jünger über fortdauernde Lektüre: »Wenn man täglich einige Ziegel zuträgt, kann man nach sechzig oder achtzig Jahren in einem Palast wohnen.« Ob das wirklich stimmt? Sitzt nicht auch der wissende Alte am Ende vor einem offenen, ausgebrannten Haus, wo die Tür nur noch lose in einer Angel hängt?

Heimat kommt auf (die doch keine Bleibe war), wenn ich in den ›Minima Moralia‹ wieder lese. Wie gewissenhaft und prunkend gedacht wurde, noch zu meiner Zeit! Es ist, als seien seither mehrere Generationen vergangen.

(Ohne Dialektik denken wir auf Anhieb dümmer; aber es muß sein: ohne sie!)

Stattdessen begleiten uns nun einige jüngere Denker-Satiriker, die Ethno- und Anarcho-Essayisten, bei denen wir etwas unentwegt Naßforsches in Kauf nehmen müssen, diese kichernden Formverstöße gegen das starr Dogmatische der Marxisten, gegen den orthodoxen Lehrbetrieb überhaupt, in den sie sich als Anti-Köpfe gleichwohl viel zu sehr verbissen haben, als daß ihre Fantasie einen bescheidenen Aufschwung nehmen könnte. Wider das sich selbst erledigende Dämliche so viel Kraft zu vergeuden, das zeugt nicht von einem starken eigenen Wissensbegehr. Man macht keine eleganten Fechtübungen an Vogelscheuchen. Bloß gewitzigt sind diese Köpfe und in erster Linie Kritiker; nichts Entwerfendes, nichts Erfinderisches, weder Befreiendes noch Bestürzendes kommt uns von dort. Und solange kein Größerer das Sagen hat, wird uns dies freche Durcheinander unterhalten.

»Gut schreibt er, der Satiriker, treffend und geistreich!« (Ja, das tut er. Je geistreicher, um so undurchdachter.) »Köstlich!« (Ja, das ist köstlich für die Ausgemergelten. Ätzende Vernunft ist doof. Ihr Standpunkt schon erübrigt sich. Am Scharfsinn verletzt sich zuerst der Scharfsinnige selbst.)

»Und uns Dunkle, Beschränkte und Stumpfe zu begreifen ist nicht weniger wichtig als das Begreifen der Aufgeklärten, Feinfühligen und Geistesscharfen.« (Gombrowicz, ›Ferdydurke‹)

Foucault: »Am Ende wäre Denken dies: ganz intensiv, ganz aus der Nähe, beinahe sich in ihr verlierend, die Dummheit betrachten; der Überdruß, die Unbeweglichkeit, eine große Müdigkeit, eine gezielte Stummheit, die Trägheit bilden die Kehrseite des Denkens – oder vielmehr seine Begleitung, seine tägliche undankbare Beschäftigung, die es vorbereitet und die von ihm aufgelöst wird.«

Wie wenig kann uns noch gelegen sein an der allzu passablen Intelligenz; aber dafür an der sichtenden Benommenheit immer mehr.

Das schwermütige Denken oder das gelassene, Kierkegaard, Heidegger, Lévi-Strauss. Das Anti-Schnippische, wenn überhaupt noch von ›anti‹ die Rede sein darf, nach diesen letzten hundert jugendlichen Jahren, nach diesem »Anti«-Zeitalter Nietzsches.

Für Flaubert war das bloße Vor-sich-hin-Leben schon zu anstrengend. Seine Freunde berichten, daß er häufig mitten am Tag von Apathie, von Schlafsucht ergriffen wurde. Sartre nennt es seine ›pathetische Trägheit‹. Dämmern ist hingegen für jeden Künstler, den Erzähler zumal, ein unentbehrliches Mittel der

Wahrnehmung und der Abwehr zugleich gegen das gestochen Konkrete der allzu nahen Umgebung. Sich konzentrieren, sich bannen einerseits; nachlässig sein bis zur Verblödung und Selbstaufgabe andererseits. (Auch Benn erwähnt seine krankhaften Müdigkeitszustände in Gesellschaften.) Gänse müssen sich erst in Flugstimmung bringen, bevor sie vom Boden abheben. Die Flugstimmung des Dichters wird wohl aus seiner Dummheit und Trägheit hervorgehen.

Man weiß ja nicht, wie dumm man ist; wieviel Unaussprechliches man von sich gibt. Alles zuende Geschriebene offenbart dem Autor, daß er über eine (während des Schreibens) ungeahnte Naivität verfügte. Ein Text mag noch so komplex durchdacht und kontrolliert worden sein, die Form, die ihm den Abschluß gewährt, gießt eine abenteuerliche Unschuld über das Ganze. Wie konnte ich soetwas nur geschrieben haben? Das Ende des Werks ist der einzige Augenblick, da die Eingebung den Autor berührt.

Über einen Autor, an dem der Kritiker kein gutes Haar läßt, schreibt er abschließend: »Was aber sein größter Mangel ist: es fehlt ihm jede Selbstironie.« Wie doppelt beklagenswert erschiene uns aber ein Autor, der es mit seinen offenkundigen Schwächen noch nicht einmal ernst meinte.

Abgabe von Intelligenz des Geistes (der Kritik) an die Intelligenz der Sensualität. Hitchcocks ›Vögel‹ werden länger in uns lebendig bleiben als Brechts ›Mutter Courage‹. Das eine gehört zu unseren Mythen, das andere zu unseren Studien. Die Doxa (das Gemeinte) geht, wir bleiben zurück im Gestrüpp der Reizungen.

Fundiert ist gar nichts. Auf dem Grund herrscht der Moder, das allesfressende Grund-Bild (das reine Symbol, die ›Vögel‹). Das Fundierte, Gebildete, gesittet Kluge ist dabei, sich als plumper Sockel in sich selber abzuschließen. Keine erleichterte Figur steigt mehr daraus empor.

Nicht ›zwei Kulturen‹, aber der Pool, das Gesamtheute der Konsumentenkultur in eines Menschen Kopf; Zuflüsse von Ernst Jünger und The Clash, von fantasy novel und RAF, von Schwarzer Botin und Ozu-Retrospektive; Zuflüsse, die sich überlagern, spalten und durchqueren. Ein Gedächtnis aus Rissen, Bruchstücken, Temperamenten, fehlenden Verbindungsgliedern, Unkenntnissen und der medialen Vorspiegelung von Totalität. So sieht es aus »an den Grenzen zur archaischen Periode der kommenden Kunst«, zu einer Phase der Erneuerung, die sowohl von der Ablösung der Vorherrschaft der Schrift wie vom Verlust eines figurativen Realismus gekennzeichnet ist, einer Phase, in der sich die Formen des rationalen Denkens auf »eine Rückkehr zu einem diffusen und vieldimensionalen

Denken« vorbereiten. Und »Hand und Wort«, das große Werk Leroi-Gourhans über die »Evolution von Technik, Sprache und Kunst«, über die Entriegelung der menschlichen Stirn, liest sich wie eines der letzten Bücher, das noch einmal das Wissen über die elementare Bedingung der Erscheinung ›Homo sapiens‹ in der Naturgeschichte zusammenfaßt und vorandenkt, um es vielleicht einem völlig veränderten Artgenossen der näheren Zukunft zu überliefern.

Daß die hymnische Schönheit, wenn sie nur tief genug, auf dem krausesten Grund entsteht, zu jeder Zeit das höchste Ziel der Dichtung sei, die das Gerümpel sichtende Schönheit, davon möchte man sich immer aufs neue überzeugen, wenn man den Angstträumen des Alltags entfliehen will, in den geschredderten Formen der Gegenwartslyrik keinen Halt findet, wohl aber in den Rilkeschen Elegien. Auch daß die Entgleisung, der Schwulst einbezogen, als Gärstoff unerläßlich sind für die Fügung plötzlich einer unvergleichlichen Zeile, für die Präzision des Triumphs, für die herrliche Ausstrahlung.

Kaum bedarf die Literatur jetzt der Kräfte des Chaos. Gewisse Druckwellen und Ströme einer subversiven Fantastik noch, dann aber: Menschenklugheit hätte an ihre Stelle zu treten.

Die Liebe zur Literatur, die sich einmal gleich dem

Universum ausdehnte, um sich nun unendlich langsam wieder zurückzuziehen und womöglich beim Massekonzentrat der wenigen Sprüche des Heraklit zu enden.

Die Einsamkeit des Schreibens ist für die Heutigen vielleicht sogar größer, als sie es für jene Früheren war, die zu ihren Lebzeiten wenig Anerkennung fanden. Wohl werden heute alle vom Tag verwöhnt, dafür sind sie aber auch um jede Hoffnung auf eine Nachwelt betrogen.

Arnulf Rainer-Ausstellung. Wie die Kunst im Extremen der Selbstdarstellung nachzulassen beginnt. Das Ichtum der beiden letzten Jahrzehnte, namentlich das rücksichtslos gesteigerte in der österreichischen Kunst, hat aus dem (gesellschaftlich abgedrängten, philosophisch unbedeutenden, nur noch in der Gestalt des Künstlers überdauernden) Individuum das Letzte herauszuholen, ja zuweilen sogar es mit religiöser Inbrunst auszuweiden versucht. Und doch, von einen Tag auf den nächsten wechselt diese Kunst in eine andere Ära der Betrachtung und wirkt auf einmal voll und fertig und ein bißchen enttäuschend. Es mag vielleicht auch daran liegen, daß dieses Ichtum, zwar leidend, schreiend usw., doch immer ausgesprochen heftig von sich selbst, seinem Standort, seiner Stunde, seiner Sendung überzeugt gewesen ist. Daß in seinen Werken nur selten das Fehlen des *Anderen* (ob Gesichter, ob Geschichte) als für die Kunst erheblicher Verlust mitzuwirken schien. Solange die monomane Geste noch alle Aufmerksamkeit für sich beanspruchte, fiel die Beschränkung, der sie sich verdankte, wenig ins Gewicht. Jetzt sehen wir noch einmal hin und spüren die Beschränkung deutlicher und die innewohnende Kraft des Werks geringer werden. Es ist, als träte mit der Zeit die Geste, die gewollt hat, bleibender hervor, während doch das Geschaffene, Hervorgebrachte im ganzen nicht annähernd so stark verfängt. Selbst vor den Totenbildern (und den übermalten Totenmasken) Rainers tauchen Zweifel auf, ob der Effekt des Gegenstands nicht zu vordringlich sei. Gewiß hat die gewählte Vorlage den Tonus der Geste erhöht und gewiß ist dem Künstler nichts Geringeres gelungen, als die Rückkehr des Lebendigen in diese Totenmasken zu malen. Und doch erscheint mir, was der Begleittext im Katalog die ›einzigartige Betroffenheit‹ nennt, im Grunde als zu leicht ergattert. (Vielleicht erwarten wir inzwischen auch, daß uns das wirklich Bedrängende nur aus dem Unauffälligen und Beiläufigen zustoße.) Es wird die Epoche der Geste, der flüchtigen genauen Bewegung sein, die in dieser Kunst aufbewahrt wird.

Was diesen Werken aber fehlt, ist der Raum der Anfechtung ihrer Entstehung; keines dieser Bilder hat etwas um sein Wesen Ringendes. Auf der Ebene einer Kunst des existentiellen Radikalismus, die sich quer durch alle Strömungen und Richtungen der Moderne und Post-Moderne legt und der auch Rainers Werk zugehört, erscheint es uns auf einmal um jene banale Dimension ärmer, die das Erschaffene der bloßen Reflexion von Vorgefundenem voraus hat. So ist etwa auf den Gemälden Francis Bacons die Erschaffung des Raums, die Setzung des Käfigs und die Gefangennahme der Zeit ein gewaltiger Ursprungsakt, ohne den das in der Fülle seiner Bewegungen sich verwickelnde Gesicht nie erschiene, ohne den diese Körper aus Kontorsionen von Lebens- und Todesmuskeln nicht hervorgingen wie Jakob aus dem Kampf mit dem Engel.

Dämmer

Ich muß jene heiße Landstraße entlang gelaufen, ja gehetzt, wenn nicht gar getobt sein, denn die Tiere des Felds – das Rebhuhn, der Hase, die Eidechse, die Spitzmaus – verharrten, als lähme sie eine nie zuvor gespürte Druckwelle, die meiner Bewegung vorauseilte, und sie huschten oder sprangen erst nach einer ungewöhnlich langen Schreckensstarre beiseite. Ich fand mich wieder, angelangt in einem mit antiken Ruinen durchbrochenen Bergdorf, das einer Ideal-Vedute aus dem 17. Jahrhundert hätte nachgebildet sein können. Ich folgte einigen nackten Männern, deren Rücken mit krausen Haarbüscheln befleckt waren und die trottelnd den Hang hinaufzogen. Welche drehten sich um und ich sah ihnen ins Gesicht und es waren Idioten, Schwachsinnige. Ich verhielt meine Schritte und blieb in geringem Abstand hinter ihnen. Am Rande des Hügels erhob sich eine zerfallene Festung. Es hieß, darin befände sich das Elefantenbad. Die Idioten nahmen mich in ihren Kreis auf, als wir vor einer hohen rostigen Eisentür angekommen waren. Wir schoben die Tür einen Spaltbreit auf und, tatsächlich, da gab es eine herrliche Horde hellgrauer Elefanten, die schwer und graziös um die eigene Achse tanzten, so daß ihre großen Ohrfahnen wehten, und die Bewegung des hohen Gewichts ihrer Körper, die so lustig auf- und niedergingen, betrachtete man wie durch eine natürliche Zeit-Lupe.

Wir standen auf dem obersten Absatz einer steinernen Treppe. Ich beobachtete das Gesicht eines im Bassin untertauchenden Elefanten. Wenn der erst aufsteigt, dachte ich, wird man vor einem Koloß, der jetzt unter der wackelnden Wasserfläche nur in gedrungener, verzerrter Gestalt zu erahnen ist, zurückschrecken.

Im selben Moment stieß ich ungeschickt und drängend die eiserne Pforte auf, durch deren halbe Öffnung wir hindurchgesehen hatten und schlug sie einem Elefanten, der sich dahinter befand, mit der scharfen, rostigen Kante gegen den Rüssel. Er fiel um, und ein blutiger Riß, wie bei Menschen, wenn der Brillensteg die Haut am oberen Nasenbein quetscht, klaffte auf seinem Rüssel. Er sah mich aus einem Auge unendlich traurig an. Nicht zornig. Ich lief zu einem der Wärter, die außerhalb der Badezone herumlungerten oder am Boden lagen. Ich hatte ein bleischweres, zutiefst betrübtes Gewissen und fürchtete den Elefanten ernster verletzt zu haben, als es den Anschein hatte. Ich scheute mich auch, mein Mißgeschick, das schließlich eine Schuld war, einem dieser Wärter zu gestehen. Doch ich mußte es tun. Der Mann aber, den ich auf das umgestürzte Tier hinwies, ließ sich nicht rühren, er blieb gleichgültig und sagte, das werde sich schon wieder geben. Ich ging nicht wieder zurück an die Pforte und schämte mich so sehr, daß ich in dies Reich der Schwere und der Schönheit, das ich im Gefolge der Schwachsinnigen hatte betreten dürfen, als erstes wieder mein Ungeschick hineingetragen hatte, indem ich einen ruhigen Elefanten umgeworfen und nicht wie alle anderen Debilen in unbegieriger Betrachtung, tatenlos verharrt hatte.

Als ich weiterging, sah ich am Wegrand einen Chor. Es war eine mönchisch dunkle, barlachhafte Bronze-Skulptur, von Männern mit Mützen, ineinandergeschmolzene Figuren, jeder dem nächsten verwachsen unter dem Druck einer unbekannten Not, ein Halbrund stehender, ständiger Sorge, leere Augenhöhlen und runde Oh!-Löcher anstelle des Munds, Masken also, hinter die Schauspieler gehörten. Es hieß indessen, daß jeder von uns einmal dahinter treten müsse. Die Plastik des Verzweifelns und des Verschmelzens steht leer und bereit. Ein in wogendem Schrecken erstarrtes Gebild war vor uns da. Etwas kleiner als lebensgroß. Ein Halbrund nach außen gewölbt.

Ich kam auf eine Fahrstraße und konnte nicht überblicken, daß sie die Form einer Schleife besaß, die Form der ineinandergeschlungenen Nullen des Unendlichkeitszeichens. Da stand ein von zwei Mechanikern gerade verlassener Saab und wartete mit offener Tür und hinter die Scheibenwischer geklemmten Fahrzeugpapieren auf mich. Ein Mädchen, ein Kind saß daneben auf seinem Koffer. Ich fragte, was es wünsche. Nach Brüssel, wollte das Mädchen, das zu mir in den Wagen stieg. Morgendämmerung am steingrauen Himmel. Wir sprachen nicht. Verschlossen sah sie zur Seite, legte das Kinn auf ihr Knie. Die Schweißperlen des einsamsten Sich-überlassen-Seins. Dann begnügte sie sich damit, mein Geschlecht in den Mund zu nehmen. Ich begriff, daß wir einer Welt der vollkommenen sexuellen Gleichgültigkeit entgegenschwebten. Verschlossene Menschen, tief versonnen, weit woanders in ihrem ganzen Wesen, tauchen ruhig und schwerelos an die Oberfläche des Menschlichen, wenn eine pornografische Chimäre sie lockt, tauchen auf, nur um ein vorgespiegeltes Bild, ein reizvolles Figurenspiel zu erfüllen, und tauchen dann wieder hinunter. Ohne Harm und ohne Hoffnung. Ihr Besuch im Menschenreich gilt dem Wunderland der Obszönität.

Das nackte Huhn! Ich drückte ihren brustlosen Oberkörper zwischen meine Beine, preßte beide Hände flach in ihre kleinen feuchten Achselkuhlen und starrte auf ihren schmalen, wundgescheuerten Babypo.

Die menschliche Sexualität und ihre Kultur waren das Mythenreservoir – die stumme Götterwelt dieser untergetauchten, geheimnisvollen Wesen. Ein müdes Bedürfnis zu lieben und dabei müde zu bleiben, hob sie dann und wann zu uns empor.

Meine Reise glich der Besichtigungstour auf einem Filmgelände, auf dem freilich nicht mehr gearbeitet wurde, sondern sich die Geister längst abgedrehter Szenen und Motive ein trübsinniges Stelldichein gaben. Hinter der Fassade einer Raststätte war das einzige Gastzimmer belegt: Vater Mutter Tochter Sohn zusammengeschlossen auf einer verdreckten Matratze, wie in einem Flüchtlingslager, die kleine Familie. So lagen auf einer Zeichnung Blakes im Gruftbett nebeneinander: der Kanzler, der König, der Krieger, Mutter und Kind. Der Krieger, die Beine überkreuz, die Hand am Schwertgriff, ruhte in der Mitte. Hier hatten sich die beiden Alten verdrossen aneinandergeklammert, Angst und rote, blaue Flecken im Gesicht. Die Tochter mit ihrem Haardutt erhebt sich im Schlaf und streift das Nachthemd herauf. Sie kniet sich aufrecht über den Bruder. Sie greift sein ausgestrecktes Geschlecht und steckt es wie ein Stück Seife in den Schoß. Ermahnungen kommen von den Eltern, dringende Bitten, ein Erbarmen zu haben und es sein zu lassen. Die Tochter steigt herunter von dem Mann und fragt, wie er sie wünsche. Der Bruder sagt ohne Interesse: ›Dreh dich herum!‹ So kehrt sie ihm das Gesäß zu und starrt, während sie beide nun stöhnen, den fester sich umklammernden Alten aus nächster Nähe offen abwesend in die Gesichter. Diese protestieren immer fürchterlicher und rufen: »Aufhören! Hört doch endlich auf damit!« Ja, dachte ich, das ist die Erinnerung, so ist sie: alles Inzest. Die Städte, die Stunden, die Stufen abwärts, abwärts . . .

Der Wärter und der gefährlichste Gefangene aller Zeiten (denn auch im Disneyland der Einsamkeit geht es nicht ohne Superlative) werden gemeinsam gefangengehalten in einem eng vergitterten Stahlkäfig, der auf dem Absatz einer erhöhten Betonbahn sitzt und daran festgemauert ist – eine leere, stumpfe Bahn, unabsehbar nach Nord und Süd dahinziehend, so daß man nicht einmal erahnen könnte, zu welchem Bauwerk, zu welchem Reich sie denn gehörte. Der Zweier-Käfig befindet sich allein auf weiter, sehr weiter Flur und es ist, als habe man das Molekül aller Gefangenschaft isoliert und ausgesetzt. Auf seiner Stufe, oben zur Ebene der Betonbahn, hockt der Wärter auf einem eigenartigen hochlehnigen Stuhl, auf einem törichten Thron möchte man sagen, während der Gefangene zu seinen Füßen auf dem Boden lagert oder lungert, ohne Sitzmöbel, nur in flacher, hochgeschlossener Kleidung, doch in seinen Bewegungen frei, ohne Fesseln oder Handschellen. Der Wärter sieht durch eine dicke Brille und mit dem Gewehr auf den Knien in starrer Beugung hinunter auf seinen – nein: auf den Gefangenen, denn so niedrig über seinem Kopf verläuft das mit Stacheldraht und Glasscherben durchflochtene Gitterdach, daß er seinen Nacken niemals ganz aufrichten kann, ohne sich die Schädelhaut zu verletzen. Zwei Neonröhren geben von der Seite ewiges Licht. Dazu streift ein Scheinwerfer, dessen Standort nirgendwo auszumachen ist, in regelmäßigen Abständen über den Käfig. Der Wärter aber sitzt nicht nur, er ist auch angeschnallt, damit er nicht, wenn Müdigkeit ihn überfällt, hinuntersinkt auf die Ebene des zu Bewachenden. Jetzt heißt es schon nicht einmal mehr: der Gefangene. Es heißt nicht: der Wärter und sein Gefangener. Es heißt auch nicht mehr: der Wärter und der Gefangene. Es heißt jetzt: der Wachende und der zu Bewachende, denn hier im engsten Abteil, gleichsam in der Urzelle des Weltgefängnisses stoßen wir auf einen Kern von gegenseitiger Ergebenheit, ein stummes Auf und Ab von Strafen und Erdulden ist das Plasma, egal ob jener oben, dieser unten bleiben muß. Und doch, wenn einer spricht, so ist es jedesmal zuerst der Wachende und oft stößt er knappe Befehle nach unten: »Reg dich. Sitz nicht bloß herum. Tu was. Hände in die Hosentaschen. Wink. Klatsch. Schattenboxe. Sitz gerade. Horch. Hand ans Ohr. Nicht nach oben, in die Höhe ist nicht deine Richtung. Verdammt, warum mußte ausgerechnet ich dein Wärter werden?! Stell dir meinetwegen etwas vor.« Der zu Bewachende stellt sich eilig wie immer den nackten Bewacher vor, der wie ein Schimpanse außen am Gitter des Käfigs hängt, unbedingt wieder zu ihm herein, auf seinen anbefohlenen Platz zurück will und sich dabei an den Scherben den Leib zerreißt. Der Wärter murmelt müde: »Ich darf den Kopf nicht heben, damit ich ewig auf dich niederschau. Du darfst nicht aufstehn, denn das wär Aufstand.«

Leere. Wiederholung. Das Absolute ist das Klingenlassen des Alltags. Das Leben findet im Saale statt. Vier Jungen kommen daher, sprechen leise, schweigen die meiste Zeit. »Kennst du die Disco ›Metaland‹?« – »Ja kenn ich.« Sprechen ohne Begeisterung, ohne Hast. Es geht alles so. Es geht so. Kieselhärte der Saalordner. Schaumfaden, an dem dein Leben hängt, selbstgespeichelt, an dem du wie ein Spinnlein durch die Leere schwingst.

Die Urform des Unbedeutenden, der Bewandtnislosigkeit und der Sprung des *süßen Ereignis* – unzertrennlich wie Kopf und Zahl der Münze.

Eine Weile noch aus dem Verborgenen dem vor sich hin singenden Pianisten kleine Steine auf die Finger werfen und sich dann für immer aus diesem trägen Garten stehlen. Als ob es überhaupt in einer gleichwie gearteten Gesellschaft zum Aushalten wäre!

Die Tiere, die Pflanzen, die Götter und das Denken – sie sind alle keine Freunde des Menschen. Zum Schauen kommen auf der Höhe des Unterrichts. Uns, die das Wissen überstieg, genügte ein einziges über den Berg schauendes Wort.

Einziger Insasse der Anfangsbahn, die hellerleuchtet durch die Nacht rast, ist Herr Ende, dunkler Gast.

Soviel Verzeihen des Todes! – wie lange noch? Soviel Aufschub. Ein dichter Schilderwald voll mit seinen Ankündigungen und Vorzeichen, das ist unsere ganze Strecke.

Immer wenn ich den Flur überquere, sagte ein Mann, dessen Wiedergeburten ihn stets in das gleiche Beamtendasein und in die gleiche Behörde zurückgezwungen hatten, immer wenn ich von meinem Büro in das meines Direktors gehe, sehe ich am Ende des Flurs eine Frauensperson sich aus dem Fenster lehnen. Niemals sah ich sie nicht. Der Flur ist nicht sogleich zuende, von meiner Tür aus gesehen. Ich müßte lange, sehr lange laufen, um bis hin zu dieser Person zu gelangen. Ja, es liegt eine Frau ständig im Fenster des Flurs, sagt der Direktor und lächelt zufrieden, als ich ihn einmal in einer abgelenkten Minute danach frage. Doch stellen Sie sich vor: es ist eine Wachsfigur. Das Hinterteil, das Sie sehen, gehört keinem lebendigen Menschen. Von der Straße aus betrachtet, verkörpert die Figur einen verlockenden Müßiggang, so daß unser Haus durchweg sympathisch aussieht für die Vorübergehenden. Und wir – wir verrichten unsere Arbeit hinter diesem süßen Symbol, dieser wächsernen Statue des immerwährenden Nichtstuns. Dies habe ich mir so ausgedacht und von jeher so gewünscht.

Dieser dort will nichts mehr. Aufwand nur noch, um ein bißchen im Kreis zu tappen. Oder vorm Haus im Sand zu wischen. Es ist gut so. Gut. Schlußschlummer vorm errichteten Haus. Überleben wird der unendlich langsam »Ja!«-Sagende. Eines hält er noch fest, nur eines aber noch.

Jene unerkannte Frau mit dem schwarzen Kurzhaar, die ein Mannesalter lang vor ihm herlief und sich, indem sie die Sonnenbrille herunterschob auf der Nase, dem Näschen, spöttisch nach ihm umblickte, ob er ihr auch noch folgte, und er konnte ja nicht anders, mußte hinterdrein, ewig, gottweißwohin. Nie sah er sie von vorn. Diesmal aber, vorm Haus, war er der erste. Er hatte sie tatsächlich überholt. Gleich wird sie um die Ecke biegen, dachte er, gleich hab ich ihr ins Gesicht gesehen. Und so geschah es.

Ein Herrscher von heute erschien, nur um die brennende Zigarettenkippe zum Fenster hinaus zu schnippen, so daß sie im hohen Bogen auf den Vorplatz fiel, wo einiges Volk träge wartete und zu den erleuchteten

Fenstern des Verhandlungssaals hinaufblickte. Die kalte Kufe der Verfassung sauste über ihre hochgebogenen Demokratennacken.

Auf einem künstlichen Seestück, wo man mit Hilfe von Wind- und Wellenturbinen ein Toben der Elemente vortäuschte, schwankte die Kabine eines Ozeanriesen. Drinnen versucht die kleine Tochter des Chefstewards das Geschirr, das aus dem schräg- und offenstehenden Schrank herauszufallen droht, in allen Regalen zurückzuhalten. Die Schiffsrippe rollt backbord, und mit gespreizten Händen, auf den Zehenspitzen hochgereckt, springt die Kleine vor dem Schrank hin und her, drückt hier eine Tasse, dort einen vorrutschenden Teller kurz vor dem Absturz zurück. Dem Vater, dem Chefsteward, gelingt es trotz des aufgewühlten Wassers die Hände in den Hosentaschen zu halten und gerade und drohend im Hintergrund zu stehen. Reglos beobachtet er die verzweifelte Mühe des Kindes. Jedesmal, wenn wieder ein Teil eben vor dem Fallen ist, ruft er kurzangebunden: »Not getting a bicycle.« Oder ein ander Mal, streng und knapp: »Never being happy.« Was soviel heißen soll wie: wenn es herunterfällt, bekommst du kein Fahrrad, wirst du niemals glücklich werden usw. Das herunterfallende Teil *ist* ein nicht zu bekommendes Fahrrad. Während aber auch ich beklommen nur neben dem Chefsteward stehe und nichts unternehme, um dem Kind bei seiner verfluchten Arbeit zu helfen, dreht sich in meinem Kopf unablässig ein Satz von Auden, den ich kürzlich in Julien Greens Tagebuch las: »Der Sprung in der Teetasse ist ein Weg, der ins Land der Toten führt!« und mir wird speiübel vor Angst und Schwindelgefühlen. Da aber bin auf einmal ich es, dem der Vater freundlich sein Töchterchen anvertraut und den er bittet, es mit an Land zu nehmen und im Hotel zu Bett zu bringen. Es ist der Lamien-Schock, den ich jedesmal erleide, wenn man mir die Beute vertrauensvoll in die Arme legt, als wolle man nichts anderes, als meine niedrigsten Instinkte aufrühren und den Kindeszerstörer brutal herauslocken. Ich weiß auch, daß mich dann stets die vergiftete Aura der Gutmütigkeit und Selbstlosigkeit umgeben hat, die allem Unheil immer vorausschwebt.

Auf der Suche nach ihrem Zimmer, in den verwirrenden Gängen des Hotels, entdeckt das Mädchen einen Mann im weißen Hemd und schwarzer Hose, der im Hintergrund eines schmalen, schwachbeleuchteten Flurs steht. Er hält die Handrücken in die Hüfte gestemmt und in den Händen sind drei Teller. Ab und zu nimmt er sich die Hände mit den Tellern vor, schaut darauf, als gehörten Hände mit Tellern nicht ihm, und dreht sie um und stützt die Handrücken mit den Tellern wieder in die Hüften. Vielleicht ist es ein Tellerjongleur, aber es fehlt ihm der Stab dazu. Vielleicht ist es aber auch ein Mensch, der noch nie drei Teller auf einmal in den Händen halten mußte. Jedenfalls weiß er nicht, was er hier auf dem Flur bei links und rechts verschlossenen Türen mit den Tellern in den Händen anfangen soll. Er scheint nicht zu wissen, wie ihm die Teller in die Hände, ja nicht einmal, wie er selbst hier in den Flur mit den Tellern in den Händen gekommen ist und was er nun tun soll. Die von der Decke hängende Glühbirne fällt, ohne ihr Leuchten zu verlieren, herunter und zerschellt am Boden, so daß eine Leuchtlache entsteht und der Mann auf einmal von unten durch ein Rampenlicht beschienen wird.

Die Tochter des Chefstewards lächelt über diesen Vorgang und meint, nun habe man ja gesehen, wie einer nicht anders könne, als ein Künstler zu werden.

Als sie zu Bett liegt und mich groß ansieht, versuche ich, ohne daß sie es forderte, eine Gute-Nacht-Geschichte zu erzählen, um sie in den Schlaf zu bringen und mich zu beruhigen.

Was also willst du hören, du aufgeklärtes Geschöpf? Eine wahre Geschichte will ich dir noch erzählen, bevor dir der kluge Kopf ins Kissen rutscht. Willst du hören: ›Männer und Frauen‹ oder ›Ein Buchstabe fehlt im Alphabet‹? ›Ein Buchstabe fehlt im Alphabet‹ erzählt davon, wie der 27. Buchstabe geklaut wurde und wie das Weiße zwischen den Wörtern entstand und wie die ganze Sprache von neuem aufgebaut werden mußte, als man endlich den 27. Buchstaben wiederfand. Also lieber ›Männer und Frauen‹. Gut.

Ursprünglich waren die beiden Geschlechter nicht füreinander bestimmt. Männer und Frauen lebten als friedliebende Volksstämme in guter Nachbarschaft und tauschten ihre Waren miteinander. Denn ein jedes Geschlecht besaß jeweils prächtige und nützliche Güter, die das andere entbehrte. So besaßen die Frauen zum Beispiel die Weiden, das Kino und die Schmalzbrote, während die Männer Salzsäure, Diamanten und Mehl anlieferten. Liebe und Haß unter den Menschen gab es noch nicht. Jeder liebte am meisten das, was er herstellte und in den Tausch brachte. Alle liebten nur ihre Dinge. Damals war auch der Tod noch ein guter Freund der Menschen und er war fruchtbar. Geburt und Tod waren eins und der Tod schenkte das Leben. Jedesmal wenn ein Mann sich zum Sterben legte, kroch ein Junge aus seinem Leib hervor, und jedesmal wenn eine Frau sich zum Sterben legte, kroch ein Mädchen hervor. Dieses Leben, in dem es nur den Unterschied zwischen Arbeit und Müßiggang gab und der Unterschied zwischen Mann und Frau nicht bedeutsamer war als der zwischen zwei anderen gewöhnlichen Dingen, etwa Stein und Gras oder Hüpfen und Winken oder Tuch und Salz, dieses Leben, das weder glücklich noch unglücklich war, dauerte eine unbemessene Zeit. Eines Tages aber legte sich Mara, die Fürstin und Vorarbeiterin des Frauengeschlechts, zum Sterben und gebar eine Thronfolgerin. Doch Mara blieb nur einen Tag bei den Toten und kehrte am folgenden zurück und arbeitete weiter an ihren Dingen, worüber alle erschraken, aber sie war eine sehr tauschsüchtige Frau.

Dies erzürnte den Geist des Todes und er versagte fortan den sterbenden Frauen die Fruchtbarkeit. Kein Mädchen kam mehr zur Welt. In großer Unruhe bereiteten die Frauen dem Geburtstodgott ein üppiges Opferfest nach dem anderen, ohne daß es ihnen Nutzen gebracht hätte. Sie verausgabten sich dabei so sehr, daß sie immer ärmer wurden und sich bei den Männern verschuldeten, welche nun ihrerseits immer reicher wurden. So kam die Ungleichheit unter die Geschlechter und die Hälfte der Schöpfung schien vom Aussterben bedroht.

Da sah der Gott des Geburtstodes, daß er nicht länger den Beleidigten spielen durfte und er nahm seine Schiefertafel zur Hand, auf der er mit den Menschen seine Pläne und seine Logik trieb, und rechnete fieberhaft, den Fehler wieder auszusteuern. Doch es gelang ihm nicht, die alte Gleichung der Geschlechter wiederzufinden.

Verzweifelt an sich selbst, schleuderte er die Tafel auf die Erde hinab, gab die ganze Übung auf und wandte sich nach anderswo. So empfingen die Menschen die zersprungene Schiefertafel, die verwirrte göttliche Materie und wußten nicht, wie ihnen geschah: alles geriet durcheinander. Die Männer starben im kräftigsten Mannesalter und hinterließen zwei Nüsse. Die Frauen aßen gierig jene Dinge auf, die sie zum Tausch und für ihren Lebensunterhalt hergestellt hatten. Da liefen alle ziellos umher. Eines Tages aber grüßten sich plötzlich einige Männer und Frauen, und in höchster Angst, unterzugehen, umklammerten sie sich. Da sahen die Frauen, daß sie fruchtbar wurden von den Männern und gebären konnten, ohne selbst zu gleicher Zeit zu sterben. Die Männer aber hatten die Fähigkeit zu gebären für immer verloren und sie brauchten die Frauen, die nun Mädchen und Jungens zur Welt bringen konnten, aber nur wenn die Männer sie fest umklammerten. So entstand aus den verworfenen Gesetzen und den Scherben der göttlichen Weisheit unter den Geschlechtern der ungleiche Tausch zwischen Samen und Kindern und es entstand die Liebe als eine Schwester des formlosen Grauens, das der trübsinnige Gott, der seine Gleichung nicht wiederfand, über die Menschen gebracht hatte: Die Frauen aber waren ehrlich und liebten und verteilten die Kinder gerecht, die Jungen den Männern, sich selbst die Mädchen. Doch die Männer, einmal habgierig geworden, übervorteilten die Frauen, die nun mehrmals im Leben gebären mußten und sich nicht genug um ihre Güter kümmern konnten. Daher vergessen die Frauen bis heute nicht, wie es war, vor der Liebe, als sie noch die Hälfte der Dinge besaßen.

In diesem Augenblick gewahrte ich, daß ich die ganze Zeit über auf einer hohen, sogar haushohen Leiter aus Holz gestanden war, und neben mir Hunderte von anderen Zuschauern, in ebensolcher Höhe, um über eine weiße Ringmauer hinweg einem Schauspiel zu folgen, das sich keiner von uns hätte träumen lassen. Doch ein kräftiger Wind griff uns von vorne an und hob uns mitsamt den Leitern von der Brüstung der Mauer, stellte uns frei und schwankend in die Luft und die Leitern drohten nach hinten zu kippen. Manche kletterten eilig mehrere Sprossen abwärts, um Balance zu gewinnen. Der Wind aber, jene große Puste, die selbst die trägen Flüsse aus ihren Betten weht, verbog die Leitern wie Hochspringerstäbe und jene, die noch in den obersten Sprossen aushielten und mit allen Fasern weiterhin am Schauspiel hingen, mochten vielleicht hoffen, bei nachlassendem Wind vom Schwung des zurückschnellenden Holzes über die Mauer geworfen zu werden. Doch wir fielen alle mit dem Rücken auf den Boden. Einige blieben zerschmettert liegen, andere krochen gebrochen davon. Feldwege waren da und runde uralte Pforten aus groben Steinblöcken . . . Da ist immer ein Weg, staubig, und ein *alter* Ausgang ins Freie.

Einzelne

In einer Kanovitz-Ausstellung ziehen etliche Besucher still, jeder für sich von Bild zu Bild. Man denkt: hier bist du gut aufgehoben, allein unter lauter Einzelnen, denn sieht nicht der Einzelne mitunter noch wie zum Sehen geboren aus? Am Ende indessen, kurz vor dem Ausgang, ballen sich die Einzelgänger und es stellt sich heraus: die kennen sich alle, die gehören zusammen, die bilden eine Gruppe, die sich nur für die Dauer der Besichtigung zerstreute. Man war auch hier wieder der einzige Einzelne weit und breit.

Amtsgericht Tiergarten. Prozeß einer Dealerin, Ilona M., 29, seit 1972 auf der Nadel, keine Berufsausbildung, Gelegenheits-Prostitution, Verstöße gegen das Betäubungsmittelgesetz, dreimal vorbestraft, seit einem halbem Jahr in der Lehrter Frauenhaftanstalt, wo sie weiterhin fixt und dealt, sieht jetzt aus, als sei sie in einem »verhältnismäßig guten Zustand«, so die Vorsitzende, nachdem sie die Angeklagte zur Person vernommen und ihr Erscheinungsbild gemustert hat. Ilona ist klein, hat rötlich gefärbtes Haar, ein flaches, sehr bleiches Gesicht, Busen und Hintern sind angedickt, der Oberkörper sehr schmal und die vollen, schweren Busentropfen scheinen nicht zu diesem vom Heroin ausgezehrten Körper zu passen, ein so mütterliches Appeal an diesem verlorenen Kind. Sie spricht sehr leise und eintönig, so daß sie der Staatsanwalt wiederholt ermahnen muß, die Stimme zu erheben, damit er deutlich hört, was er in hundert ähnlichen Fällen schon zu hören bekam, denn die Drogenabhängigen lügen alle, das weiß er, sie lügen alle die gleichen Lügen und geben sich therapiewillig, nur um ja noch eine Bewährung herauszukriegen. Die Richterin sagt: »Sie sprechen wirklich sehr leise. Sind Ihre Zähne nicht in Ordnung?« Ilona: »Die hab ich mir in der Anstalt machen lassen.« Doch die Angeklagte spricht leise, nicht um besonders hilflos und bemitleidenswert zu erscheinen. Indem sie zu ihrer Person aussagt, dem nüchternen, keineswegs strengen Ton der Ermittlung folgt, enthüllt sich ihr die eigne reale Lage: ausweglos, kommt ihr zu Bewußtsein, was der schützende Jargon der Knast- und Dopeszene sonst vernebelt. Die Vorsitzende ist seit fast zwanzig Jahren mit Rauschgiftdelikten befaßt und im Milieu als ›Mutter Schult‹ gut bekannt. Die Verteidiger sehen es für günstig an, wenn in einem ihrer Fälle Mutter Schult die Verhandlung führt. Auf diesem verfluchten Gebiet, auf dem Strafandrohung nutzlos ist, kann vielleicht, wenn überhaupt noch irgendetwas, einzig das Bild der gütigen, der gütig und gewissenhaft mahnenden Mutter etwas ausrichten. Andererseits kann sie als Gesetzeshüterin keinen Kampf gegen die Krankheit der Sucht führen, es bleibt ihr gar nichts anderes übrig, als die totale Vergeblichkeit des Orts und der Handlung, in deren Mittelpunkt sie steht, insgeheim zuzugeben. Ihre Rechtsprechung klingt eher wie eine höchst verfremdete Form des Hilfe- und Schutzerbietens, das ihren Sorgen*kindern* gilt. Sie kennt selbstverständlich die Gefahren der Bewährung, weiß auch, wo, wie und mit welchen Erfolgschancen noch ein letzter Therapieversuch unternommen werden kann und ihre richterliche Arbeit besteht im Grunde darin, gegen längst schon gefällte Todesurteile anzukämpfen.

Der Staatsanwalt ist ein junger kalter Herr, der in solchen Szenarien der Hoffnungslosigkeit den undankbaren Part des Verständnislosen zu spielen hat, daher nur noch das leere Klischee des Staatsanwalts darbietet, nicht mehr den Staat selbst vertritt, denn diesem ist bekanntlich an der Verurteilung von Drogensüchtigen wenig gelegen. In seinem Strafantrag versteigt er sich zu der Erklärung, die Angeklagte sei in eine Lage geraten, in der »niemand mehr zu retten« ist. Eine solche Bemerkung von unverhohlener Inhumanität kommt dann Ilonas Verteidiger gerade recht, dagegen kann er mit der gebotenen Schärfe sein Plädoyer führen.

Bis es dazu kommt, wird eine Zeugin vernommen. Ein Mädchen in Lederjacke, Jeans, Stiefeletten, langes gewelltes Haar, breit gedopt, die Lider senken sich immer wieder, die Arme führen seltsam runde, kraftlose Bewegungen aus. Die Richterin belehrt sie nachdrücklich darüber, daß sie jede Aussage verweigern kann, durch die sie sich selbst belasten würde. »Haben Sie verstanden?« fragt sie noch einmal, als prüfe sie das Gehör der Zeugin. Das Mädchen redet ebenso leise und eintönig wie die Angeklagte. Irgendwann aber dreht ihre Rede durch, kreist sie sinnentleert in immer denselben Sätzen. Der Staatsanwalt: »Wann haben sie Ihren letzten Schuß gesetzt?« Das Mädchen hätte um ein Haar gesagt: »Gerade«, da hat sich aber die Richterin geschwind eingeschaltet: »Ich habe den Verdacht, Herr Staatsanwalt, daß die Zeugin nicht vernehmungsfähig ist.«

Als sich das Gericht zur Beratung zurückzieht, geht die junge Protokollführerin, etwa mit der Angeklagten im gleichen Alter und ihr in Kleidung und Frisur ähnlich, hinaus auf den Gerichtsflur – da springt der Saalwachtmeister, der während der Verhandlung den ›Kicker‹ las, von seinem Stuhl auf, läuft ihr nach und will sie zurückzerren, denn er hat sie mit der Angeklagten verwechselt. Diese unterhält sich unterdessen mit zwei Freunden, die unter den Zuhörern sitzen und mehrmals in die Rede des Staatsanwalts hineinmurrten. Auf den Zuschauerbänken sitzen im übrigen noch Schüler und Schülerinnen einer Sozialarbeiterschule mitsamt ihren rauh und dumpf wirkenden Lehrern. Ilona M. bekommt ein Jahr, sechs Monate ohne Bewährung. Nicht ohne Überraschung hört sie dann, daß das Gericht den jetzt bestehenden Haftbefehl aufhebt, daß sie mithin noch einmal Gelegenheit erhält, die letzte, wie Mutter Schult mit bitterer Sorge hervorhebt, sich sofort in eine Therapieeinrichtung zu begeben. Sechs Wochen bleiben ihr, bis sie zum Strafantritt erscheinen muß. Befindet sie sich zu diesem Zeitpunkt in der Therapie, wird ihr auf dem Gnadenweg die Strafe zur Bewährung ausgesetzt. Die Vorsitzende weiß, daß der Knast nichts hilft und sie sagt es in ihrer Urteilsbegründung: nirgendwo kommen Süchtige bequemer an ihren Stoff als in der Lehrter. Auch sie muß zugeben, daß sie in diesem Fall keine allzu großen Hoffnungen mehr hege. »Sie wissen ja«, fügt sie hinzu und benutzt einen Ausdruck aus dem Szene-Deutsch, »daß eine Drogensüchtige mit fast dreißig Jahren ein *fester Charakter* ist.«

Wenn man die furchtbare Aussichtslosigkeit und Todesbedrohung, die den Suchtkranken umgeben, zu spüren bekommt, kann man sich schwer nur in die Fragen nach den gesellschaftlichen Ursachen flüchten; man starrt fremd das nackte, souveräne Übel an, die real existierende Teufelsherrschaft. Diese schneidet bei einem anschließenden Gespräch mit den Freunden der Ilona eine weitere gemeine Fratze. Der junge Mann mit fahlem, narbigem Gesicht, mit großen, seidig schimmernden Augen, fünfmal vorbestraft wegen Rauschgiftdelikten, und seine Freundin, die auf Urlaub aus der Lehrter zur Verhandlung kam, nennen es schlimm, ausgesprochen schlimm, daß Ilona so Knall auf Fall entlassen und sofort auf freien Fuß gesetzt werden soll. Sie sind davon überzeugt, daß sie noch am selben Abend an den einschlägigen Orten zu finden sein wird. Die Frau sagt: »Wenn du solange in der Lehrter gesessen hast ja, unter diesem Zwangsdruck, dann kommste raus ja, in deine Wohnung, weißte ja nicht mehr, wo das Telefon steht.« Eine Therapiestätte, die der Verteidiger erwähnt und für gut hält, nennt sie »'n Lacher, 'n Lacher is det.« Die Frau: »Die kommen ja alle wieder in die Lehrter von da. Klar is jeder froh, wenn er raus kommt. Wär auch froh, ich käm raus.«

Jedoch aus ihren Worten spricht das ganze Gegenteil von Sorge um ihre Freundin. Es spricht die Wut über eine geplatzte Geschäftsverbindung. Ilona war in der Anstalt eine wichtige Vertriebszweigstelle für ihren Drogenhandel.

Alle Sinne Geschäftssinn; kein Lächeln, keine Lüge, kein Handschlag, die nicht der Sucht dienten. Hier ist nichts mehr verfänglich und mehrdeutig. Die Sucht ist der eine Korridor, in den alle inneren und äußeren Regungen einlaufen. Sie verfolgt nicht die Ziele eines unbekannten Glücks. Die Erfüllung aller Wünsche ist manifest und wird immer wieder, monoton und unumwunden, erreicht. Die Tricks und Tarnungen auf diesem Weg, die Vortäuschung liebenswürdiger Gefühle, die Selbsttäuschung über die eigene Lage sind auf eine Weise durchsichtig, als wollten sie das Spiel mit verdeckten Absichten, an dem wir alle teilhaben, aufs gräßlichste karikieren. Obwohl uns der Suchtkranke vom freien Willen des Subjekts nurmehr den rohen Stummel zeigt, hat er doch eine bestimmte gesellschaftliche Verkleidung nötig. Dazu gehören das Untergrundgehabe, Kenntnisse von Adressen, geheimen Verbindungen und Treffpunkten, von Code-Namen und Jargon (den inzwischen schon die Behördensprache ohne Anführungszeichen benutzt), gehört dieser ganze Überwurf eines leisen Fanatismus ohne Botschaft, oft genug ein todschwarzer und samtweicher Umhang, der diese Fliehenden bedeckt, mit ihren bleichen Gesichtern, ihren für nichts Sichtbares geweiteten Pupillen, mit ihren faulen Zähnen und den dünnen einschläfernden, halb ausgewischten Stimmen, bei denen man verzweifelt fragt: Wer spricht? *Wer?*

Der Drogenabhängige bleibt eingehüllt in ein dichtes Geweb von Rhythmen und Regeln, Begegnungen und Geschäften, dem er sich ohne Fantasie, ohne Wahnsinn, ohne Weltschmerz überläßt, denn solange die Sache läuft, bleibt er tatsächlich wie kein zweiter verschont von den Ausgeburten des Imaginären.

Ein betrunkener Mann kommt frühmorgens in die Reinigung. Vielleicht hat er die ganze Nacht hindurch getrunken, aber er spricht noch ganz gut, steht noch gerade auf den Beinen. Nur der Verstand ist schwerflüssig und der Blick schwimmt. Er zeigt den beiden Frauen, die hinter der Annahme stehen, einen Fleck auf seinem Hosenbein. Sie möchten ihn doch bitte wegputzen. Die beiden Frauen erklären, er müsse die Hose da lassen, so auf die Schnelle könne man den »Fettfleck« (war es einer? oder nur eine rasche schamhafte Definition zur Verhütung genaueren Hinsehens) nicht beseitigen. Da der Mann nach einer kleinen Weile seine Bitte im gleichen Wortlaut wiederholt, erklären die Frauen nun hinter- und durcheinander mehrere Male, daß er die Hose da lassen müsse. Sie nehmen überhaupt keine Rücksicht auf die besondere Geistesverfassung des Manns. Doch indem sie den Betrunkenen wie einen nüchternen, höchstens schwerhörigen Menschen behandeln, indem sie ihn weder hinausweisen noch ihm beim Verstehen ihrer Erklärung behilflich sind, sondern ihn einfach so stehen und eine verächtliche Geduld walten lassen, wirken die beiden besonders unverschämt, obwohl sie sich doch aus Ängstlichkeit und Peinlichkeit so unentschlossen verhalten. Der Betrunkene scheint tatsächlich zu erwägen, sehr zäh, sehr mühsam, ob er die Hose ausziehen soll. Aber da er nicht auf fröhliche, sondern auf eine dunkle und verschlossene Weise betrunken ist, bewahrt ihn ein dumpfer Widerstand im Gemüt davor, sich hier vor den Frauen zum Clown in Unterhosen zu machen. Er stiert noch eine Weile in die unabänderliche Lage, zuckt dann die Schultern und verläßt traurig-beleidigt den Laden. Die Frauen der Reinigung wenden sich ab und gehen in den hinteren Raum zum Bügeln und Mangeln. Sogleich nehmen sie wieder mit ganzem Eifer den Klatsch über eine gemeinsame Freundin auf, in dem sie der Betrunkene unterbrochen hat. Nicht mal ein leises Kopfschütteln oder Kichern schicken sie dem merkwürdigen Mann hinterher. Außer den Kräften der Ausbeutung und der Angst scheinen nur noch die der Nachlässigkeit und des Desinteresses die Verhältnisse der Menschen untereinander zu regeln. Und nimmt man den Leuten das tiefe Desinteresse aneinander, so vermehrt man wohl bloß ihre Angriffslust.

Der Mister Minit in einem Münchner Kaufhaus, ein schmächtiges, dunkles Männlein aus dem Rheinland, einer, den es am Rand der Gesellschaft umtreibt und der jenen Burschen ähnlich sieht, die einst auf der Kirmes unsere Auto-Scooter-Fahrten überwachten und die uns immer schroff behandelten, weil sie nämlich keinen Sinn für Kinder hatten und sich an unserem Vergnügen niemals erfreuten, und ein nicht kinderlieber Mensch ist in den Augen des Kindes immer ein Asozialer, ein Krimineller, meist waren es ja auch entlassene Strafgefangene genauso wie dieser Mister Minit hier, der vielleicht erst im Knast das Schusterhandwerk erlernt hat. Ein kleines Namensschild bestell ich bei ihm, für nur »kurzfristig«. »So? Nur kurzfristig?« fragt er aufgeräumt, »auch immer auf Achse woll?« Da tritt ein älterer Mann an die Schuh-Bar. Im Nu verschwindet das schiefe brüderliche Lächeln; Argwohn und Scheu, plötzliche Verstumpfung im Blick des Mister Minit; unwillkürliche Angst vor Schlägen. Der Mann scheint einfach seinem Typ nach einer von denen zu sein, die immer seine Verfolger waren, die ihn immer unter irgendeinen Verdacht nahmen. Vielleicht gleicht er aber auch einem, der ihn mal verpfiffen hat oder gar einem Opfer des vormaligen Straftäters Mister Minit. Jedenfalls durchfuhr ihn irgendetwas beim Anblick dieses Kunden und er wird äußerst zurückhaltend, ohne jede leutselige Bemerkung bedient. Ganz anders ergeht es kurz darauf einer Dame, die um besonders sorgfältige Erneuerung ihrer Absätze bittet; hier stellt er sich in eigner Sache vor: »Sorgfältig klar. Die hätten mich ja sonst nicht von Norddeutschland geholt, die Arbeit hier muß sauber sein, sonst wer i fuchsteufelsnarrisch.« Nicht nur das bayerische Fluchen hat er mit seinem Heimatdialekt verpfropft, überhaupt trägt der dünnhäutige Außenseiter, der Wanderer aus Schwäche einen Überwurf von Schutzmustern, ein Schuppengewand von Formeln und angepaßten Gesinnungsteilen, und all seine furchtsame Gesprächigkeit ist nichts als eine vorbeugende Maßnahme gegen Verdächte, die man gegen den Schweigenden und einfach nur so Aussehenden erheben könnte. »Ich muß auf meinen guten Ruf aufpassen«, fügt er hinzu und kennt darin keine Ironie. Ein Lehrjunge ruft im Vorbeigehen herüber, ob er mal wieder einen ›leeren Karton‹ brauche. »Ja immer«, ruft der Schuhmacher zurück, gutgelaunt, immer männlich-vergnügt, wenn einer auf sein Laster, seine eigentliche Potenz, das Trinken nämlich, eine Anspielung macht. Er schmunzelt und duzt mich gesellig: »Weißt du, was ein ›leerer Karton‹ bedeutet? Eine Kiste mit noch einer Flasche Bier drin.« Später kommt der dicke Lehrbub mit Punkknopf im Ohr noch einmal und fragt, ob Mister Minit, der unterernährte Trinker, ihm nicht seine Stiefel reparieren könne. Er solle sie nur bringen, antwortet dieser, na klar, mach ich. Der Junge: er müsse dazu aber eine Gasmaske aufziehen. Der Trinker: »Da hab ich einen Spray, ist alles nicht so schlimm. Du: und wenn du die Stiefel abholst und mein Kollege ist da, sagst, es ist schon bezahlt, hätt zwanzig Mark gekostet.« »Alles klar.« So hat der Schmächtige seine Außenseiter-Intelligenz blitzschnell gebraucht, hat den Lehrjungen wissen lassen, welchen Wert seine umsonst erstattete Arbeit eigentlich besitzt, zwanzig Mark, Index für die entsprechende Menge an ›leeren Kartons‹ oder für eine andere Gegenleistung, die ihm nun frei wäre. Das kam ohne Schmunzeln, Zögern – instinktrein.

Der Mann im Zeitungskiosk tadelt mich wegen meiner vielen überfüllten Einkaufsbeutel. Er zitiert – gerade er aus seiner Zeitungs-Tonne heraus! – Diogenes, der einmal nach Korinth gegangen sei und dann gesagt habe: jetzt weiß ich, was ich alles nicht brauche.

Wer es gewohnt ist, viel für sich zu sein und seine Entscheidungen allein zu treffen, wird eine sanfte Schwächung seiner Auffassungsgabe immer dann bemerken, wenn er sich in den Schutz einer Gruppe, eines beratenden Kollektivs, ja bloß einer einzelnen anderen Person begibt. (Schon zu zweit auf einer Reise: Was sieht man da alles nicht, wie verringert sich die Wachsamkeit!) Auf seiner Höhe ist so jemand nur, wenn er allein und schutzlos handelt, und jeder Blick ist eine Handlung. Von allen Seiten angreifbar, muß er sich rüsten mit schärferer Wahrnehmung, muß im Erleben schneller und genauer treffen als die Verbundenen, die die Stärkeren sind. Seine Intelligenz, weder reich noch überlegen, ist enger dem Gefahreninstinkt des Tiers noch verwandt als die des eingemeindeten Menschen. Dementgegen der Typ der vorstehenden Persönlichkeit, die Autorität, der Führer, der die künstlich verminderte, nach unten abgerundete Intelligenz der Kollektive braucht, ganz nötig braucht, um sich daran zu stärken und sich tatsächlich immer als der Klügere zu erweisen. Der Führer, der als Einzelgänger eine glatte Null wäre; der schon im intimen Zwiegespräch wenn nicht als Dummkopf, so oft genug als glanzloser Durchschnittsgeist erscheint; nicht weil an ihm »eigentlich gar nichts dran« ist, sondern weil seine Intelligenz sich erst bei einer gewissen Temperatur von Überlegenheit zu entfalten beginnt, das heißt bei Anwesenheit nicht unter einem Dutzend gruppierter, also unterlegener Menschen. Und selbst die empfindlichsten Regungen kommen ihm nie im Stillen, sondern erst am Orte, wo er Macht ausübt. Er öffnet sich nur öffentlich.

Häufig hast du dich gefragt, was wohl einige Personen, die sich mit Kunst hervortun, die sich mit etwas so Entlegenem und von der Allgemeinheit so Ungemochtem wie der Kunst der Heutzeit beschäftigen, was sie wohl dazu verleiten könnte, in die Öffentlichkeit zu treten und sich neben den rundum Beliebten aus Sport und Showgeschäft ebenfalls bekannt zu machen; zu Darstellern eines Ereignisses von höchstem Rang zu werden, das aber schon für ihre Nachbarn keines mehr ist und auch niemals eines werden wird. Ebenso häufig hast du für dich entschieden, daß diese Personen aus reinem Geltungstrieb und nicht zur Erfüllung eines geistigen Auftrags handeln, denn dieser könnte noch so hervorragend sein, die Idee des magazinären Allerleis würde ihn immer niederringen. (So ein Medium ist durch und durch vom Unterhaltungsauftrag schon erfüllt. Es ist *immer* heiter, denn ihm ist alles gleich.)

Daher: niemals sich blitzen, filmen, verhören, ehren oder sonstwie erwischen lassen und den Schutz im Strom der Menge dankbar genießen. Auf dem Hintergrund solcher Überzeugungen gehst du in ein Museum, eine Jahrhundertausstellung, bei der Besucherrekorde zählen. Gesammelt überschreitest du die Schwelle, da schießen plötzlich drei Männer auf dich zu, Blitzlichter zünden, Scheinwerfer strahlen, eine Dame mit Mikrofon in der Hand steht vor dir. Man hat ja bloß auf dich gewartet: du bist der hunderttausendste Besucher der Ausstellung und mit dem Schwellenübertritt standst du in der Öffentlichkeit. Dir wird ein Bildband überreicht und einer kostenlosen Führung durch den Museumsdirektor kannst du nicht ausweichen. Auch wird tags darauf dein Name in den Lokalblättern genannt und ein Foto, das dich als den von der Öffentlichkeit ertappten, wirr auf Flucht sinnenden Museumsgast zeigt, der du auch wirklich warst, wird abgebildet. Allerdings: niemand hat dich als den am Rand hervorstehenden Kunstschaffenden identifiziert, von dem schon hin und wieder, bei anderen Gelegenheiten, in denselben Zeitungen die Rede war. Dieser blieb unerkannt und unermittelt. Du hast zwar deinen wahren Namen, doch als Beruf ›Hausmann‹ angegeben. Insofern ist es gräßlich gewesen und noch einmal gutgegangen.

Der Einsamkeits-Kasper, der seinen äußeren Anschein, allein dazusitzen am Restauranttisch, kaum ertragen kann, mehrmals geschäftig und steif zum Buffet läuft und den Telefonapparat zurechtrückt, um schließlich seine eigene Nummer zuhaus zu wählen, der in seinem leeren Zuhaus anruft und so, mit dem Hörer in der Hand und der Miene gewichtiger Erwartung auf dem Gesicht, sich gewappnet und beschäftigt genug fühlt, um die Leute, die paarweise im Restaurant sitzen und von denen er sich niedergestarrt fand, ringsum ins Auge zu fassen, der nach einigen Minuten mit einem gekünstelten Seufzer der Enttäuschung den Hörer wieder auflegt und zu seinem Tisch zurückkehrt.

Besuch von einem Mann aus Kassel, der viel redete und wirr, um doch nur eines zu sagen: »Wenn Sie mich, gerüttelter Künstler und politischer Mensch, der ich bin, nicht umgehend mit einem Theater in Verbindung bringen – ich will ja nur das Beste! – dann werde ich, muß ich den Bazillus der Gewalt, der in mir ist, austragen und in den immer enger zufluchtenden Korridor der Terrorkämpfe hineinrennen bis an sein blindes Ende, wo wir alle platzen . . .«

Er sprach immer wieder von 68, von der Politisierung. »Dann kam die Politisierung«, sagte er und es folgte eine seinsergebene Geste der Hand, so wie früher ältere Leute sagten: Dann kam die Inflation, dann kam der Krieg, dann kam die Vertreibung . . .

Er ließ nicht von seiner Urwunde – so geborgen einmal, so unsäglich entborgen, verwaist aber heute mit seinen bald vierzig Jahren. Ein Wirrkopf mit scharfer Sicht allein für *sein* Unglück und mit der unüberhörbaren Drohung, sich damit in den Dienst der Staatsbekämpfung zu begeben. »Dies ist mein letzter Versuch. Bewahren Sie mich vor der Karriere eines Attentäters! Schaffen Sie mir Zugang zum Theater!« Nun, es handelte sich wie gesagt um einen Wirrkopf. Aber dürfte man denn einem Mann zur Bühne verhelfen, der einen anfleht: Lassen Sie mich um des lieben Friedens willen doch nicht zum Revolutionär werden!?

Eine Erinnerung aus dem Jahr 78: Sie haben einen jungen Terroristen, der ihnen zuvor schon zweimal entkam, in einem Restaurant der Düsseldorfer Altstadt erschossen. Die Nachrichten sagen, ein Gast habe ihn erkannt, prominent wie Wim Thoelke sind sie ja, und daraufhin die Polizei gerufen. Beim Herantreten der Beamten in Zivil an seinen Tisch habe der Terrorist seine Waffe gezogen. Seinem ersten Schuß sei man mit vielen Schüssen behördlicherseits zuvorgekommen. Der Eindruck ist schwer abzuwehren, daß man sich nun auf diese Weise der heiklen Gerichtsbarkeit entledigt, denn diese ist für den Staat zu einer empfindlichen Schwachstelle geworden. Solange er einsitzt, bleibt der Terrorist ›freipreßbar‹. Sofort töten, scheint daher die vielleicht geheime, vielleicht ausgesprochene Überzeugung bei allen Organen der vollziehenden Gewalt zu sein. Nur der tote Terrorist ist ein ganzer Erfolg und uns allen eine Erleichterung.

Tatsache bleibt: ein Mann ist erschossen worden, der als verdächtig galt des Mords – *wenn* er es war, den ein eifriger Fernsehzuschauer im Dickicht der unmittelbaren Realität auszumachen glaubte. Weniger noch: ein Mann, der die Geste des Waffenziehens machte, ist auf der Stelle durchlöchert worden, noch bevor er mit der Waffe jemanden bedroht hätte. Aber zog er eine Waffe? Jedem schwindelt es bei dem Gedanken: verdächtigt bist du schnell, denunziert bist du schnell, eine falsche Bewegung machst du schnell. Unversehens stehen zwei Männer neben dir und einer bittet dich um Feuer für seine Zigarette. Du greifst nach deinem Feuerzeug ... und später heißt es, du habest eine Parabellum 9 Millimeter bei dir getragen. Eine andere Behörde behauptet dagegen, es sei eine Smith und Wesson gewesen. Es war aber nur ein *Einweg*-Feuerzeug –

Die Polizei hat Fahndungsfotos vom toten Terroristen durch das Fernsehen geschickt. Sie haben dafür dem Toten noch einmal die Augen aufgerissen und ihm eine Brille ins Leichengesicht gedrückt. Aus dem Volk soll sich melden der Optiker, der Frisör, der diesen da zuletzt als Kunden hatte. Hierdurch wurde das religiös-sittliche Empfinden jedes einzelnen, das der Staat zu schützen verspricht, durch eine staatliche Maßnahme aufs gröbste verletzt. Diese Fotos waren das Dokument einer gemeinen Leichenschändung und einer sittenwidrigen Mißachtung der Würde eines Toten.

Dasitzen in einem Sessel der Requisite mit übereinander geschlagenen Knien, das geschminkte Gesicht durch einen breiten Hut gegen die Sonnenstrahlen abgedeckt, ein Filmstar sein in aller Ruhe, sagen wir: es ist ein weltberühmter Mann und streckt sich aus, ergibt sich jenem unvergleichlichen Verweilen, das rein von Tun und Willen ist, der pure Aufenthalt, währenddessen die Techniker von allen Seiten die nächste Einstellung vorbereiten und auszuleuchten haben. Es ist nicht abzusehen, wie lange es noch dauert. Dasitzen als geistige Lebensform und aus dem Sturen, dem Leeren das Wesen des vorzustellenden Helden in sich heraufziehen lassen, die eigene Weltberühmtheit darüber nicht vergessend!

Dorfbewohner, Komparsen für einen Tag, kommen und gaffen. Sie sehen: er ist wirklich hier, ist ganz bei sich. Wie unergründlich erscheint so ein Weltstar, der, schon in Kostüm und Maske, abseits, einsam, sinnend wie wir alle, fast zum Greifen nah in einem Sessel ausruht und der doch nie, an keinem Ort der Erde je ein alltäglicher Mensch sein kann. Allein der Hut und die abgetönte Brille gehören nicht zur Rolle des italienischen Arbeiterführers, den er verkörpern wird. Sein Blick nimmt die Neugierigen knapp und ungerührt und senkt sich wieder. Aus diesem Teil seiner selbst, wie er gesehen und angeträumt wird, kann er nicht mehr viel empfangen. Erscheinung und Bewußtsein, Wahrzeichen und wahrer Kern sind in diesem Manne eins und eine Macht.

Er zieht sich Hosen an, er wechselt Geld auf Airportbanken und zeigt und weiß es, ohne darauf zu achten, daß dies dieselben Hände tun, die Millionen sich merkten, als sie ein Dynamitpaket umklammerten oder groß und schutzgebietend auf einem nackten Frauenrücken lagen. Er ist sich längst der Eine. Der Ruhm hat alle Spaltungen gefügt, unter denen die Kleineren und ständig Strebenden der Schauspielkunst noch leiden. Er ist darüber etwas dumm geworden, dümmer als er es in seinen Anfängen war, doch diese Dummheit ist vor allem: ein In-sich-ruhen-Können und dieses Können stärkt die Einheit von Gesicht und Wesen, kommt der klaren Ausstrahlung zugute wie Möhrenessen dem sauberen Teint. Dieser Mann ist nun kein Schauspieler mehr, er spielt ja nicht, er muß erscheinen können. Wie die Kleistsche Marionette hat er seinen Schwerpunkt aufgefunden, hat Unschuld angesetzt im Lauf des Ruhms, eine dicke Kruste Herrlichkeit, auf die seine Produzenten sich verlassen können, von der die Wünsche der Welt noch länger zehren werden.

Er selbst erscheint sich nicht. Begriffe des Narziß, Eitelkeit und Selbstbespiegelung wären auf dieser Höhe der Erscheinung sehr gefährlich, Anzeichen von Schwäche und Nervosität, die ihn um Kopf und Fassung bringen, die ihn stürzen könnten. Wer sich selbst (nur allein in stillen Vorführräumen) in solcher Fremde, wie sie seine Breitwandfilme zeigen, leben und bestehen sah, der wird sich nicht in kleinen Badespiegeln wiederfinden. Er ist keiner von den klugen Spielern, keiner dieser nervösen Realisten des neuen Hollywood, kein rascher Könner, kein Artist, alles nicht, was neuerdings als Alltagsheldenwicht Karriere macht. Er ist der verläßliche Statist des eigenen Mythenbilds; er ist einer der letzten, aus Mensch geformten Ikonen des Kino-Zeitalters.

Der Gegenwartsnarr

Was ist *Angst*, was ist aus ihr geworden?

Zwei Intellektuelle – ein Paar, das im Begriffe ist sich wiederzufinden, die alte, unterbrochene Verbindung zu erneuern. Sie spricht davon, wie schwer es ihr inzwischen mit Heiner falle; er hält die Zeit für gekommen, die früher einmal geplante, gemeinsame Reise durch die DDR nun endlich zu machen, »wenn du wirklich Lust dazu hast«. Für eine Weile sind die beiden mit ›fliegendem Gepäck‹ zu neuen Ufern unterwegs. Doch dann, noch im selben Gespräch, läßt der Eifer nach, geht es schon wieder bergab und sie landen bei dem, was sie »die ganz alte Grundsatzdiskussion zwischen uns« nennen. Dabei hört man von dem Mann immer wieder die Redewendung: »Ich habe eine fürchterliche Angst, wirklich«, und zwar so häufig, daß man glauben möchte, er brauche diese Floskel, um damit das Laufwerk seiner Rede zu schmieren, so wie andere dies mit einem »Wenn du so willst« oder »Ich will mal sagen« tun. Aber wovor hatte der in seine mittleren Jahre gekommene Intellektuelle eine fürchterliche Angst?

Er hatte fürchterliche Angst davor, einen Beziehungsfehler zu machen. Aber ist das etwas, was den Namen Angst noch verdient? Ist dieser Albklump ›Beziehung‹ nicht im Geschwätz immer verdünnbar, auflösbar in der ingenieurshaften Fertigteil-Sprache, in der man inzwischen gelernt hat, über die Seele zu sprechen? Kann man das nicht ein paar Nummern kleiner ausdrücken, was dieser guterzogene Kopf, auch noch doppeltgenäht, seine ›fürchterliche Angst‹ nannte? Aber wir haben es allenthalben mit diesen reklamehaften Vergrößerungen der Affektwörter zu tun: »Also ich bin wahnsinnig erschrocken über seinen Mantel mit Pelzkragen.« Ein aufwendiger, inflationärer Gebrauch von Leidfloskeln, eine Art hypochondrisches Display betreibt Werbung für die eigene Hochempfindlichkeit: erschrocken, betroffen, angerührt; lauter falsche Bibbertöne eines im Herzen nicht mehr frappierbaren Subjekts.

Was werden sie erst sagen, wenn eines Tages der erhebliche Schrecken auftaucht?

Wo aber überleben die Ängste in unserer Kultur?

Im Traum der Alb, ja, der bleibt und kehrt immer wieder, unabwendbar. Ebenso real und tief die Angst von Millionen psychisch Erkrankter und klinisch Vereinsamter. Aber Angst vor Atommüll, Überbevölkerung, Hungerkatastrophen usw.? Nein. Es gibt keine reale Angst vor einem kollektiven Schicksal. Das ist Sorge, politisches Gewissen, allenfalls Verzweifelung, immer nur die Reflexion von etwas wesentlich Abstraktem durch das eigene Gemüt. Was ist schon, im Empfindungshorizont des Einzelnen, ein Massentod? Nichts, im tiefsten ein Achselzucken (oder sogar: ein heimliches Ahnen von Geborgenheit, von der Verkürzung und Aufhebung eines allzu persönlichen Leidenswegs). Es mag sein, daß es vor dem ersten Jahrtausend-Wechsel wirklich so etwas wie eine Angst-Epidemie gegeben hat, eine Massenpsychose, die sich durch das heiße Medium der Religion verbreiten konnte. So trug der Untergang wohl für jeden ein persönliches Antlitz. Wer an die Hölle glaubte, kannte ihre Qualen. Aber heute, gibt es eine Angst vor der Zukunft, so daß wir unser Haus danach bestellten? Es sieht nicht so aus, trotz Öko-Schock und AKW-Demonstrationen. In Wahrheit sind wir doch immer noch gegenwartshörig in einem Maße, das an Verfluchung grenzt.

Die Angst aber ist in ihrem Kern geblieben. Nach wie vor besetzt das Grauen nur ein Ich und trifft den, der allein ist und die Bedrohung durch etwas Stärkeres wahrnimmt, sei dies nun ein Vorgesetzter, der Vater, die Krankheit oder die Liebe, die Menschenmenge, die Trennung, der Unfall, der Fall.

Entgegen den Anzeichen einer realen Bedrohung leben wir heute weniger im ›Zeitalter der Angst‹ als vor 30 Jahren. Noch ist alles um uns so eingerichtet, daß es den meisten Menschen gelingt, ihre Existenz (um ein Wort von Thomas Bernhard zu benutzen) als eine perfekte Ablenkung von ihrer Existenz zu führen.

Der Film ›Der Holzschuhbaum‹, der das Leben der bergamesker Bauern, wie es einmal war, auf eine einfühlsame und bittere Weise schildert, verführte den Betrachter zu der sentimentalen Frage: ließe sich denn, in einer unbestimmten Zukunft, je von uns – uns Dahingesunkenen einer bürgerlichen Kultur – etwas Liebenswürdiges berichten, ein ähnlich ehrendes Andenken bewahren? Wir sind doch auch nicht mehr in unseren Schichten und sind gewohnt, nur immer das Gehässige, Ironische und Kritische über uns selbst zu sagen und unsere Herkunft für einen lumpigen Dreier hinzugeben, so als hätten wir gar keine Art gehabt und nichts, was einmal als Verlust empfunden werden könnte, wenn man sich dereinst an unsere Gebräuche, unsere Bewegungen, unsere Gesichter, unsere Sorgen und Glücke erinnern würde? Wäre es tatsächlich allein der Archivar der Zerstörung, der unserem Grauzonengeschlecht gerecht würde?

Immer in Gefahr, gänzlich den ästhetischen Anstand zu verlieren – so abseits wie man das Seine hochhält – beim Gedanken an Cruise Missiles, Neutronenbombe und ähnliche Vorkehrungen vor meiner Tür, die nur noch zur Verteidigung einer These dienen können, daß nämlich hochzivilisierte Populationen die Tendenz haben, sich selbst zu zerstören. »Es ist ohnehin, was wir tun, sämtlich umsonst und lächerlich« – dies ursprünglich religiöse Nichtigkeitsempfinden, in Andacht vor Gott und dem Sternenhimmel, kommt nun zuweilen sehr diesseitig und von ganz nahe. Je nachdem, welche Druckwellen gerade von der Bedrohung ausgehen. *Die Bombe* ist schon eine geraume Weile da, lagert, ist startbereit. Die meiste Zeit vergessen wir sie wohl. Kein Mensch kann unentwegt mit diesem menschheitlichen Einschnitt im Kopf herumlaufen. Die Bedrohung aber ist total und als solche, wie stets das ›schlechte Ganze‹, immer anwesend, nie wegzudenken, aber auch nicht zu denken. Ihr unsinniges Gewicht wird jedes Bewußtsein, das wir von ihr gewinnen, auf der Stelle plattdrücken. Dennoch wäre es falsch, nur um sich vor Dummheit zu bewahren, die Bedeutung eines Noch-Daseins für unser allgemeines Handeln und, oft plötzlich, für unsere ganz subjektive Sinnbestimmung außer acht zu lassen und lediglich den politischen Protest zu erheben (der immerhin im Fall der Neutronenwaffe, zunächst einmal, etwas genützt hat). Der Ort, an dem sich die Sprengköpfe alle miteinander befinden, ist ja ein recht besonderer; wir kennen in unserer Wirklichkeit kaum eine andere Stelle, an der faktische Realität und paranoisches Wahnsystem derart zur Deckung gelangen. Denn wo ist der strukturelle Unterschied, wenn sich das paranoische Ich vom ›Ganzen‹ der übrigen Welt ausnahmslos verfolgt und bedroht fühlt und wenn andererseits *tatsächlich* das biologische Leben des Planeten von einem Ganzen der ausnahmslosen Vernichtung bedroht wird? Es ist also kein dialektisches Spiel mehr, wenn man den Wahn des Paranoikers heute als die Innenspiegelung unserer tatsächlichen Lage betrachtet. Das Totale ist nicht nur das falsche, schlechte Ganze des Denkers, nicht nur das Leidenssyndrom des Psychotikers, es besitzt inzwischen auch eine reale körperliche Gestalt als das stumpfsinnig erigierte, in seinen unterirdischen Lagern, in seiner ›Rheingold‹-Schmiede dahockende, jederzeit startbereite, den subjektivsten Schwankungen der Macht anheimgestellte Potential des Mega-Endes.

Si vis pacem, para bellum. Wenn du endlich Ruhe haben willst, Friedhofsfrieden, Ruinenruhe, dann rüste zum Krieg. Die Abschreckung ist um den Preis des *grenzenlosen* Schreckens in jedermanns Brust erkauft worden, vielleicht auch um den Preis der Zerstörung unserer geistigen Widerstandskräfte, unserer Ökonomie, unserer Sozietät. Die Bedrohung mag dem Bewußtsein oft entschwinden, dem Unbewußten aber vielleicht nicht. Das Bewußtsein behilft sich weithin mit einer gleichermaßen totalen Ablenkung von dieser Bedrohung. Wir betrachten heute ja die glänzenden Bilder der Verwüstung von Hiroshima schon mit ästhetischem Gewinn, die fotogene Katastrophe in den Illustrierten, ein Hauch von atomarer Ruinenromantik, nothing is real, und selbst seine geschichtlichen Schuldgefühle verarbeitet unser Volk im Psycho-Labor einer TV-Serie. Vielleicht ist es dieser Irrealität der Medienzivilisation zu verdanken, diesem weltumspannenden Fluß des Vergessens, dieser behutsamen Trennung des Menschen vom Menschlichen, mit einem Wort: dem Fernsehen, daß wir überhaupt noch am Leben sind!

Doch sind es nicht nur wir Wenige, die Kunstkritischen in Entbehrung einer Kunst, denen diese Ansicht zur unwirklichen Lage der Menschheit sich aufdrängt?

Fühlt jemand, der zum Beispiel in einer Bürgerinitiative tätig ist, und sei es, daß er nur die Abschaffung einer Ampel an falscher Stelle erstreitet, fühlt er sich nicht im Brennpunkt eines wirklichen Handelns? Eben! Dieser winzige Brennpunkt des Handelns ist selbst das Irrlicht einer in toto verschwundenen, nicht faßlichen und aus dem Dunklen immerzu mit Überwältigung drohenden Realität, an der das herkömmliche, ja vielleicht jede Art von politischem Erkenntnisvermögen zu scheitern verurteilt ist.

Putzig erscheint zuweilen alles politische Bestreben vor den hohen Wellen, den Intensitäten des eigentlichen Geschehens. Wir erleben Phasen der Weltpolitik, in denen wir kaum noch an die Existenz des Politischen, sondern eher an die Gewalt eines Welttodeswunschs glauben möchten, der sich mit nationalen und wirtschaftlichen Konflikten nur noch die albernsten Vorwände schafft, der längst außerhalb der Kontrolle dessen herrscht, was die Großmächte noch wollen und vermögen. Wenn man von Kriegs*lüstern*heit spricht, so muß man annehmen, daß dieser Todestrieb, libidinös gebunden, zu einer gigantischen masochistischen Geilheit angewachsen ist, von der die Menschheit nicht mehr weiß, wie sie sie verdrängen soll. Die sogenannten begrenzten Konflikte bieten inzwischen keine Gewähr mehr dafür, daß sie auch begrenzt bleiben und für die begrenzte Abfuhr von Destruktionsenergie sorgen. Allzu schnell ist ein Agglomerat von Ereignissen enstanden, das aufs Ganze zielt und einem Zustand ›ewiger Entspannung‹ entgegenstrebt. Die gegenwärtige Situation der erhöhten Reizbarkeit und Schwäche ist u. a. aber die Folge einer atomaren Strategie, die jahrzehntelang mit Impulsen der Einschüchterung, des Angstmachens, der Bedrohung den natürlichen Überlebenswillen der Gattung zermürben und krankmachen konnte. Nun wird dieser zusätzlich dadurch geschwächt, daß uns die Erde unter den Füßen unsicher wurde und wir ihre kraftspendenden Quellen versiegen sehen. Der zweite scharfe, lüsterne Negativismus herrscht also in einer Weltwirtschaft, die den kaum noch korrigierbaren Kurs eingeschlagen hat, das Unsere so rasant wie möglich zu Ende zu wirtschaften. Rasch, rasch, heißt es da, weshalb noch zögern und beschränken? Laßt uns noch einmal prassen und protzen, alles entzünden und lichterloh scheinen. Laßt es uns hinter uns bringen!

Wir haben in den letzten Jahren erlebt, wie das subjektive Befinden und Verhalten des Einzelnen sich mehr und mehr in Beziehung setzte zum gefährdeten Planeten insgesamt. Angeführt von den globalen Analysen der Ökologie und der Energiekritik, waren auf einmal großräumige Worte wie ›der Mensch, die Erde, die Menschheit‹ mit einem glaubwürdigen, existentialpolitischen Inhalt erfüllt, während man doch zuvor gewohnt war, vom Menschen nur in den engsten Klassendefinitionen zu sprechen. Die subjektive Identifikation bezog sich nun nicht mehr auf ein revolutionäres

Volk der Dritten Welt, auch nicht auf eine geschlossene Erkenntniskultur (wie die des Marxismus) oder auf den Umkreis einer militanten Kritik an der eigenen Gesellschaftsordnung; keiner dieser Bereiche, die sich im wesentlichen für die Bedingungen eines besseren, d. i. freieren Lebens interessierten, bot eine Antwort auf die Frage nach dem nackten Überleben selbst. Trotz oder gerade inmitten all der Strömungen, Bewegungen, Solidaritäten, die sich jetzt ausbreiten, wird es zuletzt (wieder einmal) allein das Individuum sein, das diese Antwort finden muß. Ein Individuum, das mehr ist als bloß das Ensemble seiner gesellschaftlichen Verhältnisse; dies überalterte, hochentwickelte und immer in Auflösung befindliche System von emotionalen, rituellen, moralischen, informationellen und kommunikativen Einrichtungen, mitsamt den Schutzvorkehrungen der Selbsttäuschung, der Gleichgültigkeit, der Ablenkung und des blinden Eifers. Alles abgetan, gibt es nur dich und die Sprengköpfe, von Angesicht zu Angesicht. Mag der kollektive Tod, der Mega-Selbstmord (in der Vorstellung!) manchmal sogar etwas Tröstliches haben, solange er durch seine Bedrohung herrscht, wird er jeden Einzelnen und auch den, der immerzu denkt: »Daran denke ich nicht«, mit Schüben der Leere, mit gräßlicher Bewußtseinslähmung quälen. Und jeder wird, was er auch tut, beim Aufziehen seiner Kreise, beim Verfolgen seiner Ziele für Augenblicke jenem *Hirn über der Erde* unterworfen sein, das aus der Atomwolke quillt.

Unser Älterwerden kreist in immer erweiterten Gedächtnis-Ringen um unsere einzigartige Geburtsstätte, den deutschen Nationalsozialismus. Der Abstand vergrößert sich, doch können wir aus der konzentrischen Bestimmung niemals ausbrechen. Für diejenigen, die aus dem Exzeß des Jahrhunderts hervorgingen, wird es keine Lebensphase geben, in der sie nicht erneut zu diesem Ursprung sich innerlich verhielten, so daß er eigentlich das geheime Zentrum, ja Gefängnis all ihrer geistigen (und seelischen) Anstrengungen bildet. Gegen die Verbindung wird zuweilen krampfhaft aufbegehrt, zuweilen scheint sie selbst zu reifen, souveräner, lockerer zu werden. Was ist allein im künstlerischen Bereich nicht alles versucht worden, um unseren geschichtlichen Stimmungen den jeweils wahrheitsgemäßen Ausdruck zu liefern; das reicht vom expressionistischen Schwulst bis zur psychoanalytischen Metamorphotik, vom Dokumenten-Drama bis zur obszönen Revue der Embleme. Eine wahre Lösung, ein Sich-lösen-Können wurde nicht erreicht. Nur der Tod der Geschichte selbst kann uns befreien, nur die Erledigung der Erinnerung durch die totale Gegenwart der Massenmedien, in der alles bloß Erscheinung, bloß ästhetisches Vorüberziehen ist.

Besonders in einem Punkt sind wir, wiederum kreuzdeutsch, von einer Art fausthaftem Forschungsdrang erfüllt, nämlich zu erfahren, nicht was die Welt, wohl aber, was die Deutschen einmal im Innersten zusammenhielt. Doch wir werden es nie klar genug herausbringen und folglich immer wieder anders fragen. Die mit der eigenen Lebenserfahrung sich wandelnde Beurteilung und Wahrnehmung dessen, was wir nicht einfach die Hölle nennen können; dessen, was sich uns in den Grenzen einer bald intimen Verwandtschaft, bald dämonischen Unnahbarkeit immer wieder entzieht – dies lebenslang unbeschwichtigte Gedächtnis scheint gleichwohl gegenüber jeder Form der Vergangenheits*bewältigung* einen bescheidenen Anstand zu behaupten.

Was heute fehlt, das nationell Positive, gab es damals als Attrappe. Doch wie weit reichte denn das Charisma des Führers? Hat er auch nur eine einzige Seele geheilt? Dumm gefragt. Die Heilung war, daß die einzelne Seele sich selbst nicht spürte. (Die fanatische Nationalsozialistin, die ich als Kind in der eigenen Verwandtschaft hatte, galt nach dem Krieg auf einmal als ›die Verrückte‹. Sie, eben noch die Gesündeste, Geeinteste . . .)

Manchmal will es scheinen, als ob alle Bewegungen, die wir noch ausführen können, selbst die radikalsten, fantastischsten, zuletzt doch nur dem unentrinnbaren Auf- und Abarbeiten jener Bewegung des Grauens angehörten, die die uns vorangegangene Generation einmal ausführte. Dann fühlen wir uns im Kraftfeld einer einzigartigen elterlichen Vergangenheit festgehalten und einbeschlossen und mögen uns darin mit so heftiger Abstoßung oder so perversem, lüsternem Heimweh bewegen, wie wir wollen: mit einer *eigenen* Bewegung – nur der Hand zu einer Pforte! – hat all unser Langen nichts zu tun.

Als Äneas, Held von Troja, im Hafen von Karthago landete, entdeckte er, in den Marmor eines Tempels gehauen, Szenen aus dem legendären Krieg, den er gerade hinter sich gelassen hatte, und unter den Kriegern auch sein eigenes Bild.

A., nur ein Parteigenosse, ein Mitläufer im Nazi-Regime, sitzt, jetzt als ein alter Mann, vorn in einem Kino und plötzlich in einer alten Wochenschau oder einem Hitler-Dokumentarfilm erkennt er sich wieder im schreienden Volk, sieht er sich, den jungen brüllenden Mann, in einer Großaufnahme. Ja, denkt er und fühlt sich anonym bis in die Fingerspitzen, ich war dabei, ich habe geschrien, ich war ein Volk – ein Schrei. Jetzt sitze ich allein unter vielen Jungen in einem dunklen Kino, lauter kritische Köpfe, die sich nur wundern können über unseren Schrei, die sogar in johlendes Gelächter darüber ausbrechen und keinerlei Ehrfurcht vor dem Bösen empfinden.

Spaziergang durch den Tiergarten. Frost und Sonne. Enten an den Eisrändern des Landwehrkanals. Schlittschuhläufer auf dem kleinen See. Die alte Spanische Botschaft mit ihrem düsteren Ruinen-Pomp. Auf der Rückseite des Gebäudes, wie ein fossiler Abdruck, der zugemauerte Bogengang einer Kapelle, ein steinernes Kruzifix. Stille, leere Burg des Faschismus hinter einem verwilderten Garten. Auch der Exzeß des Jahrhunderts altert einem kläglichen Romantizismus entgegen.

Trotzdem: alles aufheben, aufbewahren! Nicht abreißen!

Der Richter fragt den alten Mann, den KZ-Wächter Fuchs, wie er heute zu den Tatsachen der Judenvernichtung stehe. Der Herzkranke antwortet nach dem Muster der Unbelehrbaren: »Man hätte die Juden auf eine einsame Insel abschieben sollen.« Der Richter: »Und was würden Sie sagen, wenn der Staat verfügte, daß alle Leute mit dem Namen Fuchs auf eine einsame Insel abgeschoben werden müßten?« Der Fuchs, kleinlaut: »Man hätte die Judenfrage auf anständige Weise lösen sollen.« Der pädagogische Richter: »Was nennen Sie anständig?« Der Nazi, so in die Enge getrieben, sagt endlich ganz leise, was man von ihm zu hören wünscht: »Man hätte die Juden in Ruhe lassen sollen.«

Die Befreiung von den herkömmlichen Formen politischen Denkens, zu der die Ökologen aufrufen; die Ablösung gar vom Politischen durch neue anarchische Lebensformen, Vernetzung der Freizonen zum Frei-Staat, das Naive und das Analytische machen hier gemeinsame Sache, aller Augen richten sich auf das Perennierende (statt auf das Utopische) und man vermutet gar, daß am Ende nur eine Weltregierung die Bestände retten könnte. In seinem Buch ›Staatsfeinde‹ beschreibt der französische Anthropologe Pierre Clastres den Gesang des Guayaki-Indianers als ein ursprünglich metapolitisches Bedürfnis des Menschen, sich aus den Zwängen der Tauschgesellschaft zu lösen. Der singende Mann existiert für sich, er hat sich von seiner sozialen Rolle befreit. Die Sprache, der Gesang – das Modell des Kommunikationsuniversums selbst ist auch das Mittel, ihm zu entrinnen. »Wenn nämlich der Mensch ein ›krankes Wesen‹ ist, so deshalb, weil er nicht nur ein ›poltisches Wesen‹ ist und weil aus seiner Unruhe sein größter Wunsch entspringt, der Wunsch einer Notwendigkeit zu entrinnen, die kaum als Schicksal erlebt wird, und den Zwang des Tauschs von sich zu schieben, sein soziales Sein abzulehnen, um sich von seiner *Bedingung* zu emanzipieren.«

Das einfache, geschwinde Lied, Seitenthema im Kopfsatz von Mendelssohns Oktett; so geneigt, gesellschaftlich vereint; dienend-glücklich; verschwommen auf- und vorwärts, und wenn nur ein herrlicher Gruß! Das Einigende nebenher geflüstert-gespendet. Nur die Musik kann von himmlischer Gesellschaft reden.

Wittgenstein (Philosophische Betrachtungen): »Die Kinder lernen in der Schule wohl $2 \times 2 = 4$, aber nicht $2 = 2$.«

Im konkreten Leben muß man indessen die sogenannte Identitätsfrage eher als das ansehen, was man in den Naturwissenschaften und in der Logik ein ›gelöstes Problem‹ nennt. Die Identität, nach der man *sucht*, existiert nicht. Abgesehen von einigen äußeren, behördlichen Erkennungsmerkmalen gibt es nichts, was für die Existenz eines zusammengefaßten Einzelnen spräche. Nicht einmal der Körper ist monolog und mit sich selber eins. Sowenig wie die Meinung ist der Schritt der Füße unabänderlich derselbe; er ist ein Ausdrucksmittel, sehr variabel; und noch der Blutkreislauf stellt sich dar, wechselt Geste und Stil in dem Maße, wie er auf Lebensgewohnheit, Begegnungen und Leistungen reagiert. Unter dem Gesichtspunkt einer schrankenlosen Psychosomatik erzählt jedes Organ heute dies und morgen das. Dieses Ich, beraubt jeder transzendentalen ›Fremd‹-Bestimmung, existiert heute nur noch als ein offenes Abgeteiltes im Strom unzähliger Ordnungen, Funktionen, Erkenntnisse, Reflexe und Einflüsse, existiert auf soviel verschiedenen Ebenen der wissenschaftlichen und theoretischen Benennungen, in sovielen in sich plausiblen ›Diskursen‹, daß daneben jede Logik und Psycho-Logik des einen und Einzelnen absurd erscheint. Das totale Diesseits enthüllt uns sein pluralistisches Chaos. Es ist die Fülle nicht zusammenpassender, ausschnitthafter Bewegungen, die Fülle mikroskopischer Details aus ganz verschiedenen Wahrnehmungsmustern, in der wir eben noch das Reale vermuten können. Unter solchen Bedingungen nach dem Selbst zu fragen, endet bei dem Schema des Wahnsinnigen, der sich von ›fremden Wesen‹ bevölkert und aufgelöst fühlt.

Angesichts dieses Dilemmas ist es gut zu wissen: es gibt dieses 2 = 2, es läßt sich denken, es ist ausdrückbar. Doch du bist es nicht, du bist nicht identisch. Du bist freilich auch mehr als bloß ein Ensemble von Gesetzen und Strukturen. Im Rücken abgeschlossen, bist du nach vorn ein open end-Geschöpf. Daher ist es ebenso nützlich, von Kind auf schon die Bedeutung der Addition ohne Summe oder der Unsumme zu erlernen.

Gewiß, man wünscht jedem der unzähligen verzweifelten Identitätssucher, die darum ringen, zu sich selbst zu kommen, man wünscht ihnen, sie mögen sich endlich einbilden, sie gefunden zu haben, ihre ›Identität‹, sei es in einer Gemeinschaft, in der Arbeit, im Politischen oder in sonst irgendeinem Abenteuer ihrer Existenz. Hierbei handelt es sich ja offenkundig um eine abgesunkene Glaubensfrage, so wie man früher um ›seinen Gott‹ rang. Trotzdem schmerzt jedesmal, wenn man die inbrünstige Phrase von der Identität hört, der Anklang an Gott bzw. der Mißklang der Selbstvergottung, die das kleine, das freie und armselige Subjekt sich herausnimmt.

Es ist lachhaft, ohne Glaube zu leben. Daher sind wir voreinander die lachhaftesten Kreaturen geworden und unser höchstes Wissen hat nicht verhindert, daß wir uns selbst für den Auswurf eines schallenden Gottesgelächters halten.

Gott ist von allem, was wir sind, wir ewig Anfangende, der verletzte Schluß, das offene Ende, durch das wir denken und atmen können.

Niemand, der sich herausgestellt hat aus seinen unmittelbaren Verhältnissen, seien es die des Geldverdienens oder die eines blinden Forschungsdrangs, einer selbstberauschten Vernunft, wird leben können ohne irgendwo Zuflucht zu suchen. Ein Höheres als den Gipfel seiner Freiheit wird er nötig haben, in dessen Schutz und Namen er erst das Äußerste an Kräften sammelt. Je aufrechter er sich herausgestellt hat, um so stärker wird er durch seinen Unterwerfungsdrang.

Niemand ist der Wahrnehmung größer beraubt worden, nicht durch Kirche, nicht durch Krieg, als wir matt Bestrahlten, die wir jetzt noch denken wollen und sehen wollen und können es nur im Aufschein-Abblitz, einsame Voyeure, deren Welt-Bild vom Schnitt beherrscht wird wie die Eine-Mark-Peep-Show von der Schlitzblende. Hätte Mörike einmal zwischen sechs TV-Kanälen hin und her geschaltet, immer auf der Suche nach was Neuem!, die Skala der Kurzwellensender auf- und abgefahren, nie wäre ihm eine *entwickelte* Form geglückt ... Dagegen mag sich, wer jetzt schreibt, künstlich abschließen und es anders haben wollen, die Wahrheit seiner Schreibbedingung bleibt es aber doch. Die Tüchtigkeit der Moden, der Blicke, der Räusche und wie es sich beschleunigt, wie's sich überschlägt, aussichtslos steht da der Wunschbeladene gegen Sucht und Sog und möchte den eiligen Nebeln noch einmal die *Gestalt* abringen, die aller Sehnsucht wert ... Aber nein, hinter der Uhr die Strömung, die Blut-Spur des Vergessens, das Fading: da, wo der Seinskopf unfaßlich sich erhebt, schrecklich blickt und wieder abtaucht, da ist jetzt noch das Unsere.

Ich weiß nicht, was Erinnerung ist. Ja, es schwankt mir schon der Satz, wenn ein Verb in die Vergangenheitsform gesetzt werden soll. Braucht man aber nicht die Erinnerung zur Gesundheit des ganzen Organismus, wie man auch im Schlaf den Traum nötig braucht?

Lebt man nicht auch, um die Erinnerung stetig zu ergänzen? Daß dereinst das Gewesene nicht nichts sei, wenn eines Tages jede Erwartung geschwunden sein wird und das hohe Segel der Fahrt flau auf dem Gras liegt.

Durchlöchert, zerfetzt selbst das teuerste, letzte Gut: das was war.

Nietzsches Haß auf den Antisemitismus: »er ist einer der krankhaftesten Auswüchse der so absurden, so unberechtigten reichsdeutschen Selbstanglotzung«. Bundesdeutsche Selbstanglotzung kennen wir inzwischen auch zur Genüge und wissen, daß diese um so eitler wird, je kritischer es um die wirtschaftliche Prosperität bestellt ist und daß infolgedessen auch die feindseligen Regungen gegen die zuvielen Fremden im Land wieder zunehmen. Wohl wird im übrigen Europa, in Frankreich und England ebenfalls, zum Teil sogar heftiger, aber auch offener Protest geführt gegen den Zustrom ausländischer Arbeitskräfte; doch welche ökonomische Berechtigung solche Selbstschutzbedürfnisse auch haben mögen, hierzulande verschmelzen sie wahrlich im Handumdrehen mit den altbekannten, zu lange leer gebliebenen Saugnäpfen der rassistischen Begierde. Wenn man die plötzliche Haßbelebung bemerkt, die bei den sehr Jungen nicht seltener ist als bei den älteren, erprobten Rassisten, könnte man den Eindruck gewinnen, als habe das deutsche Gemütsleben seit langer Zeit im wesentlichen aus einer Lücke bestanden; nichts vom bunten Allerlei, das hineintraf, konnte diese erfüllen, nichts regte sich; erst wenn der Fremdenhaß hineintrifft, spürt man sofort: Paßt! Das Gefühl fühlt wieder, etwas Zentrales ist ihm wieder zu eigen.

»Möchte nicht wissen, wieviele Türken dabei waren«, sagt die Berliner Hausfrau morgens im Edekageschäft, nachdem in der Nacht bei Instandbesetzer-Aktionen Schaufenster zu Bruch gingen und es zu Plünderungen kam. (Freilich waren es u. a. die Scheiben der Kreuzberger Türkenläden, die von den Unruhen nicht verschont blieben.) Offenbar kann man den ethnischen Sündenbock für alle Fehlentwicklungen im eigenen Gesellschaftsleben schon wieder beim Namen nennen, und die Verschwörungstheorien werden dann nicht mehr lange auf sich warten lassen. Noch aber gibt es tausend verordnete Empfindlichkeiten, pünktlich eingeblendete moralische Schauer in den Massenmedien (wie ›Holocaust‹) und ebenso pünktlich, nach geraumer Weile, die gemütspornografische Entspannung in Nazi-Revue und Kostümfilm-Nostalgie. Eine schier unentrinnbare, wesenstiefe Unredlichkeit und Unfreiheit durchzieht die gesamte sogenannte Vergangenheitsbewältigung, die halbe Aufklärung und halbe Verherrlichung des nationellen, des deutschen Untergrunds in jedem von uns; diese trostlose Ambivalenz, diese nie zu erstattenden inneren Reparationskosten insgesamt könnten im Zusammenhang einer tatsächlichen Verschlechterung der materiellen Lebenslage sehr schnell dazu führen, daß die gekrümmte deutsche Seele sich heftig aufreckt, den unverdaulichen Ballast, das Phantasma einer untilgbaren Schuld einfach von sich schüttelt und sich vom Bösen kuriert, indem sie nun aufs neue das Böse will und tut. Und wieder zuerst damit beginnt, gegen die Fremden im Land ihr Gift zu versprühen. Es ist jedenfalls nicht mehr die Stunde, in der wir getrost darauf vertrauen dürften, daß eine liberale Demokratie mit ihrem simplen Rand/Mitte-Denken auch mit den parapolitischen und negativsten Bedürfnissen eines Volks auf Dauer fertig würde. Mit der Dauer wird es ohnehin knapp. Wir sollten darauf gefaßt sein, daß es in Zukunft sehr viel schneller als in den vergangenen dreißig Jahren zu abrupten Ereignissen kommt, in denen die abgedrängten Ströme sich sammeln und hervorbrechen können, und daß die Sicherungen des modernen Rationalismus ›bei überforderter Kapazität‹ sehr plötzlich, ohne lange Anlaufzeit durchbrennen könnten.

Ohne sich in kulturell nicht zulässige Vergleiche zu begeben, muß man doch feststellen, daß die iranische Revolution und ihre Folgen eine weit größere Stimmungswende in der Weltpolitik herbeiführten, als dies zunächst irgend jemand für möglich gehalten hätte. Eine Lehre kam uns (Entwurzelten) vom Orient herüber, daß zwar das ›Rad der Geschichte‹ nicht aufzuhalten und zurückzurollen sei, daß es aber sehr stabile menschliche Daseinsformen gebe, in denen das ›Rad der Geschichte‹ selbst eine vollkommen untergeordnete Rolle spielt. Und diese Lehre wurde uns gerade zu dem Zeitpunkt erteilt, da unsere eigene Kultur mitsamt ihrem Zwangssystem der wirtschaftlichen Überentwicklung und Überentfaltung in eine akute Krise der Geschichtsbestimmung geriet. Daher empfingen wir – mit dem besonderen Signal der Geiselnahme der Amerikaner – eine tief reichende Mahnung aus den politischen Tagesnachrichten: in der Herkunft des Menschen liegen große Epochen (und liegen möglicherweise große Epochen bereit zur Wiedergeburt), die sich durch Gleichmaß, Dauer, Überlieferung, Ebene, Einfachheit und Antimaterialismus von all dem unterscheiden, was die Dynamik des Industriezeitalters uns seit der Französischen Revolution als Geschichtsbild eingehämmert hat. Wenn der Aufstieg der Herkunft gerade dort sich vollzieht, wo das Eis der neueren Geschichte und des Fortschritts am dünnsten ist, dann mag dies vor allem mit den geistigen Traditionen des Islams zusammenhängen. Keinesfalls aber waren dies von der übrigen Welt isolierte Ereignisse oder hat sich die islamische Revolution von der übrigen Welt isoliert. Der Einbruch in der ›Golfregion‹ hat vielmehr im herkömmlichen Spiel der Großmächte ein Vakuum der Berechenbarkeit geschaffen, das die Nervosität auf beiden Seiten steigerte, den Einmarsch in Afghanistan genauso zur Folge hatte wie die Stärkung antiliberaler Kräfte in den USA. Die Ost/West-Strategien wurden empfindlich gestört durch eine kleine, aus der Zeit ausscherende Macht, die zum ›Heiligen Krieg‹ entschlossen war und damit drohte, im Falle einer Aggression die eigenen Ölfelder in Brand zu setzen.

Verwunderlich wäre es, doch nicht mehr undenkbar, wenn eines fernen Tages, aus der Anderen Zeit heraus, das deutsche Dritte Reich nicht mehr vornehmlich nach seinem blutigen Formgefühl beurteilt würde, mit dem es die Schrecken der Diffusion im ersten Massenzeitalter beseitigte, sondern vielmehr erinnert würde als das erste, alles in die Verirrung treibende Beben, als der Erste Ruck vor dem langsam gewaltigen Aufbruch in eine ›geschichtslose‹, statische Epoche.

Die unfruchtbare dialektische Versöhnlichkeit des Sowohl-Als-Auch, die schulmarxistische Rechtfertigung etwa des Stendhalschen Subjektivismus im Vorwort zu einer DDR-Ausgabe seiner Tagebücher (». . . hat sich analysiert, nur um dann die Umwelt besser analysieren zu können . . .«) – das ist inzwischen jener Schleim und Leim auch im Denken unserer aufgeklärten Bildungsstätten, der nichts Neues mehr erkennen und entstehen läßt, der alles mit allem verklebt, das ist die einlullende Reflexion, die den Begriff wichtiger nimmt als den geistesgegenwärtigen Griff nach dem Unvermuteten.

Ehe wir an die Existenz intelligenter Wesen außerhalb unseres Planeten glauben, sollten wir überzeugt sein von der Existenz revolutionärer Gedanken außerhalb unseres vorherrschenden Bewußtseinsbetriebs. Was mag nicht alles längst aufgetaucht sein während des letzten Jahrzehnts und trieb vielleicht sein erstaunliches Wesen im Äther unserer Tage und wir haben es infolge der Dogmen und Schranken unserer Wahrnehmung nicht einmal bemerkt, nicht bemerken können. Die »Plötzlichkeit«, mit der die ökologische Frage in den Vordergrund rückte, ist dafür ein jüngeres Beispiel. Die objektiven Hemmungen und Blindheiten der Erkenntnissysteme, wie sie Bachelard und Foucault in der Geschichte der Naturwissenschaften untersucht haben, kommen einem in den Sinn, wenn man sich die überraschende Verspätung, die Schreckgeburt der Energiekritik vergegenwärtigt. Zweifellos hat man schon lange vor den Darlegungen des Club of Rome, lange vor den autofreien Sonntagen von Umweltschäden, drohender Rohstoffverknappung, von den Grenzen des Wachstums überhaupt gewußt, hat darüber geforscht, geschrieben, publiziert. Doch selbst wenn dieses Wissen über sämtliche Fernsehkanäle der Welt verbreitet worden wäre, das Denken, gerade auch das kritische Denken in der Hochphase der sogenannten Technologischen Revolution hätte dies Wissen ganz einfach nicht angenommen, hätte es weggeblendet. Die Ruptur – der ›Schock‹ – entstand beim Anblick eines Symbols: Verlassenheit und Menschenleere an den Hauptschlagadern der Kommunikation, ausgestorbene Verkehrsbahnen bei Sonntagsfahrverbot. (Dies Verbot war also sehr wohl sinnvoll, wenn auch nicht aus den vorgegebenen energiewirtschaftlichen Gründen. Es verdankte sich ja allein der panischen Verwirrung einer Politik, die der Morgen-Schlag getroffen hatte, die, auf eine Zukunft hin besehen, sich plötzlich als von grundauf verfehlt erkannte; die zudem wußte, daß sie unrettbar falsch bleiben würde, ja noch bedeutend verderblicher sich entwickeln müßte in ihren falschen Abhängigkeiten wie auch in ihrem falschen Selbstbewußtsein, sofern sie sich nicht selbst auflösen wollte, und dies hätte sie tun müssen, nicht um der Politik anderer oder einer anderen Politik Platz zu machen, sondern um offen einzugestehen, daß es keine Politik *für* den Menschen gibt, daß die Machthaber in Ost und West am Überleben des Menschen ein gleiches Interesse haben wie die Programmiermaschinen ihrer Sicherheitsdienste: nämlich gar keins.)

Welch undurchdringliche Mattheit rückt von der Bühne vor in unsere Herzen und Köpfe! Welch törichter, hilfloser und dreister Umgang mit ›Realität‹ verödet die Theaterbühnen! Es müßte einer kommen, der eine ganz andere Sprache spricht. Einer, der aus wohlerwogener Ferne, von weit jenseits der uns bekannten Kunstkontinente herüber kommt und wirklich etwas sucht auf dem Theater, das sonst nirgendwo zu finden ist. Ein Pirat nach langer, viele Jahre währender Schatzsuche, die überall in der Wirklichkeit vergeblich blieb, und das Theater ist das letzte Gestade, dem er zutreibt, die letzte Hoffnung für ihn, in dessen Nähe seine innere Stimme plötzlich aufschreit: »Heiß! ... Heißer!« ... und er umkreist das Versteck, den sicheren Schatz immer enger, kommt ihm näher und näher ... und der Schatz, den er hebt, ist von solch eigener Substanz, daß sie stolz, spiegelnd und funkelnd, neben der anerkannten Wirklichkeit zu bestehen vermag. Er sagt: »Ich suchte etwas, das unter Menschen nicht zu finden war.«

Nicht das Aha! des Festgestellten und Durchschauten möge dem Menschen und Zuschauer entschlüpfen, sondern nur ein Ha! – staunend ein winzig Wesentliches erwischt zu haben.

Das Interesse für Menschen im Glanz ihrer Alltäglichkeit, welches durch die Arbeit des Schauspielers geweckt wird, erreicht für mich seinen äußersten Grad in einer Komödie wie ›Husbands‹, dem Film von Cassavetes. Das ist das Höchste, was unsereins im allergeglücktesten Fall mit den eigenen Mitteln selbst veranlassen könnte: es ist schon erreicht worden. Die Verführung durch das Schauspielerische, der ich nie entging; das haltlose Verliebtsein in Menschen, die *zeigen*, was in ihnen vorgeht – hier findet's statt in einem freundlichen Reich der Männer und der männlichen Sympathie. Von hier muß man nach etwas anderem ausblicken. Denn jenseits dieses Reichs gibt es freilich eine andere Kunst (auch für den Schauspieler). Eine Kunst, die sich das Entzücken an der vollendeten Normalität versagt und sich noch einmal den heiklen Forderungen des Symbolischen stellt; selbst auf die Gefahr hin, das Erschaffene könne nur die *Idee* noch rühmen, die ihm als Wesensgrund nicht mehr erschwinglich ist.

Was die Arbeit am Drama erschwert, das uns doch in die großen Konflikte und Fallhöhen hineinreißen soll, die wir sonst nirgends zu spüren bekommen: solche Konflikte und Antithesen lassen sich heute nicht einmal mehr im Gedanklichen auseinandersetzen. Unsere Erlebniswelt ist voll von Ambivalenz und Doppelbindung, voll auch von sinnlicher ›Meinungsvielfalt‹ und von einem ungeheuerlichen medialen Quidproquo. Das läßt ein schieres Gegenüber zweier widersprüchlicher Positionen auf dem Theater zu einer extrem künstlichen und wirklichkeitsfremden Herausforderung werden. Und doch wäre gerade hierin, wenn es gelänge, dem uralten Paradigma des Theaters Genüge getan; denn es kommt immer darauf an zu beweisen, daß die Modelle des Theaters älter, stärker und überlebensfähiger sind als alles, was wir ihnen aus unserer Gegenwart zutragen können.

Ich denke, daß es richtig ist, von Kunstwerken, vor allem auch von Filmen zu erwarten, daß sie uns unentwegt mit moralischen Bewertungen beschäftigen mögen, und dies in einer solchen Folge, daß uns das Urteilen schließlich drunter und drüber geht und wir aus einem Wechselbad von Sympathie und Ablehnung, von Gut und Böse, mit welchen Begriffen wir ein und dieselbe Person schwankend bedenken, gar nicht mehr herausfinden. Genet hat uns einst das Triebgeschehen der politischen Moral, ihren transvestitischen Kern, die starke Homosexualität der Gegensätze dargestellt. Melville, der Filmregisseur, ist ihm darin gefolgt, mit kälteren, idolverhangenen Figuren und amerikanischer Männerliebe. Wir verabscheuen den ›Flic‹ (im gleichnamigen Film), wenn er seinen getreuen Spitzel, einen wunderschönen Transvestiten, prügelt und ihn zu Unrecht des Verrats bezichtigt. Gleichzeitig läßt uns desselben Polizisten melancholisches Gesicht nicht los, bleibt er unsere Leitfigur, Alain Delon, der Held. Und gerade seine eigene transvestitische Zugehörigkeit zum Verbrecher-Clan, den er zu bekämpfen hat, verleiht ihm in unseren Augen die nötige heroische Vereinsamung. Er hat sich weit von seiner Behörde entfernt, ist bereits so tief ins andere Lager vorgedrungen, daß man zweifeln muß, ob er im entscheidenden Augenblick noch als Bulle in Aktion treten kann. Tatsächlich kommt es dann am Ende des Films zu einer empfindlichen Überraschung, die unseren Helden beinahe vollständig zu disqualifizieren droht, wäre da nicht sein zuletzt unantastbarer Typus, der durch Verfehlung und Schuld an stummer Größe, an Leidensgröße noch dazu gewinnt. Der Flic nämlich hat den verfolgten Ganoven endlich vor dem Hotel Splendid am Arc de Triomphe gestellt – der Verfolgte zieht, doch nur zum Schein, denn er trägt gar keine Waffe bei sich und der Kommissar, Delon, schießt ihn sofort nieder. Der kleine bedeutungslose Verbrecher hat sich mutig wie ein Samurai gezeigt und sich an seinem großen Feind, unserem Helden, gerächt, indem er ihn in die Rolle des brutalen Bullen zurückverwies und ihn dazu noch zum feigen Mörder werden ließ. Er hängt ihm seinen Tod an – gerade so wie am Ende von Stroheims »Greed« der Erschlagene seinem Mörder im letzten Augenblick die Handschellen anlegt und ihn dazu verurteilt, den Leichnam seines Opfers durch die Wüste von Death Valley zu schleppen.

Ähnliche Bewertungsumschwünge anfänglich beim Begreifen gewisser Ereignisse des politischen Terrorismus. Der tote Holger Meins etwa wurde selbst für den bloß mitfühlseligen und teilnahmslosen Fernsehbürger zunächst zum Helden; doch sein Genetscher Partner, der kurz darauf in einem Racheakt ermordete Kammergerichtspräsident, konnte dann seinerseits eine plötzliche Unschuld für sich verbuchen, wurde zum Opfer, das die Ehre des getöteten Helden der Anarchie antastete. Der passive Zuschauer-Zeitgenosse entwickelt offenbar ein gesteigertes Bedürfnis, mit heimlichem Gesinnungswechsel beschäftigt zu werden. Gestern noch schlägt sein Herz für den gefaßten, geduckten, gedemütigten Kindsmörder, weil er, natürlich im Fernsehen, sah, wie dieser von den Umstehenden vor dem Gerichtsgebäude auf gemeine Weise beschimpft und besudelt wurde. Heute schlägt sein Herz gegen einen anderen, noch nicht gefaßten Mörder, der die Familie eines Bankdirektors mitsamt den Kindern abgestochen hat. Durch die Überfülle von Identifikationsangeboten müßte er, wäre er noch das Individuum vom alten Schlag, längst spaltungsirre, durch die haltlose Verschleuderung seiner Mitgefühle an die gegensätzlichsten Parteien müßte er längst abgestumpft und gefühllos geworden sein. Doch ist er eben kein Individuum vom alten Schlag mehr. Dem Leichtsinn der passiven Emotionen entspricht die rücksichtslose, durch keine Sitte, keinen äußeren Zwang mehr beschränkte Ambivalenzen-Herrschaft des Herzens selbst. So kommt es, daß einer sogar seine engsten Freunde und Nächsten unablässig den widersprüchlichsten Bewertungen aussetzt und in seinen intimsten Urteilen weder Disziplin noch Beständigkeit erkennen läßt. Ja, man darf die paradoxe Behauptung anschließen, daß es gegenwärtig fast unmöglich ist, eine Bindung lebendig zu erhalten, ohne sich – möglichst offen, möglichst direkt – seinen Gefühlsschwankungen hinzugeben, sich ihrer bewußt zu sein und sich dadurch bis an den Rand der Erdrosselung in ihnen zu verstricken. Das Gefühlsleben ist jetzt der absolute Regent unserer sozialen und persönlichen Bindungen; höchstwahrscheinlich wird es in dieser Rolle überfordert und seinen eigenen Bankrott betreiben.

Was sollen Sprüche wie: »Alles was klar gedacht ist, läßt sich auch klar ausdrücken, in jeder Sprache«? (Marcuse sagte es in einem seiner letzten Interviews, auf die Frage, ob er die deutsche Sprache nie vermißt habe in Kalifornien; doch jeder Deutschlehrer behauptet etwas Ähnliches.) Wie aber lassen sich das Fading, die vielfach verschränkten Codes des Unbewußten *klar* ausdrücken, falls die Sprache diese Botschaften nicht veruntreuen will? Insofern hat Lacan noch um einiges tiefer hingehorcht als Freud. Das zu Sagende ist unendlich lang. Und eigentlich läßt es sich auch nicht nach den Gesetzen der Grammatik und der Alltagsvernunft »gliedern«. Gliedern heißt den Körper, die Anatomie zum Maß aller Dinge, zum Maß vor allem der Sprache zu nehmen. Das Unbewußte, das spricht, ist indessen *auch* ein Kloß, ein Stummel, ist Regen, Moder und Wind.

Lassen wir also die schnippische Forderung nach Klarsicht beiseite. Verkneifen wir uns die rührende Freude an Paradoxen, verfänglichen Gescheitheiten und ähnlichem Geleucht in dem Gischt des Maelstroms. Wie klein ist doch alles, was ›auf den Punkt‹ gebracht wurde, das Ausdrückbare in seiner Gedankenreinheit.

Zwangsneurose des klaren Gedankens. Der Mann muß sich mehrmals am Tag die Hirnlappen waschen. Und spürt's doch bei jedem klaren Satz, der herauskommt: wie schmerzlich er das Schmutzig-Wesentliche mit all seinen Lebenswucherungen entbehrt. Viel unsinniger werden. Jedes weitere Verstehen wird turbulent.

Vom Kirschbaum ist über Nacht das Blütenkleid ganz heruntergefallen. Es liegt abgenutzt, ein Stück schmutziger Wäsche, auf dem Boden. Man sagt so leicht, wenn man die Natur würdigen will: Nichts ist mir widerlicher als die Vorstellung von einer Besseren Welt. Nur weil das sogenannte Utopische inzwischen den Denkfaulen gehört. Nur weil man nun begriffen hat, wieviel blutige Reste gemordeten Daseins schon unter diesen Fliegenden Teppich gekehrt worden sind. Es wird dem Verzweifelten jedoch wenig nützen, sich Liebkind zu machen bei der Natur.

Es ist wohl richtig, daß wir zum einen die Gerüste der Unterdrückung überall niederreißen wollen, zum anderen aber in ergebener Stille, vom Haus her, die Baumwipfel gern rauschen sehen, und zwar ewig. Es ist also wohl richtig, daß wir zuletzt zwischen Aufstand und Versenkung, zwischen West und Ost, zwischen Leid und Leere immer schwanken werden und niemals eine eindeutige Wahl treffen können, ohne uns zu beschädigen.

Nichts, nichts sein als die einfache Geste, die der Hörende erfüllt. Die hohle Geste.

Cioran: »Die Erfahrung des Schrecklichen, die unseren Worten allein eine gewisse Dichte geben kann . . .« Ja, das können wir eben noch zeigen: wie die Worte näher zusammenrücken, um der Bedrohung durch das Unsägliche zu widerstehen.

Auf eine unerhörte Frage hin jemanden nur groß ansehen, nicht ausweichen, nicht antworten. Nicht antworten können, dies aber nicht sagen und nichts erläutern.

Das Begehren rüttelt an den Grundfesten des Lebens: dem Trübsinn und der Sammlung.

Homer nennt den dünnen Klang der Stimme des Totenschattens ein *trizein* – ein Zwitschern, ein Zirpen. Daran wird man erinnert, wenn man durch die Straßen geht und das hohe Fiepen der Fernsehbildröhren hinter den Fenstern hört.

Für Cioran sind Gott und Engel und Teufel oft nicht mehr als Denkprobestücke, um sie auf den Menschen zu vergleichen. »Das Mißgeschick des Engels«, sagt er, »kommt daher, daß er sich nicht anzustrengen braucht, um zum Ruhm zu gelangen.« Der Ruhm ist aber an sich kein Problem für den Engel. Cioran nimmt das Heilige nur als das Über-Menschliche an, sieht darin die besseren, höheren Konditionen des Menschseins erfüllt. Hier denkt der Philosoph wie ein Kind, das ohne Schauder den Engel zu sich herunterbestellt. Die Erde ist gleichermaßen bevölkert von Engeln, Teufeln und Göttern. Wahrscheinlich sind wir nicht allein. Zumindest Abkömmlinge der himmlischen und höllischen Horden durchkreuzen unsere Brust und unser Gemeinwesen. Und, könnte es nicht sein, daß uns bald eine neue allegorische Lust packte? Eine Lust zur großartigen Inkarnation, zur Fleischwerdung der vielen ausgeträumten Ideen unseres Jahrhunderts. Man kann doch nicht soviel denken und so abstrakt sich ausstrecken, wie wir es getan haben im wissenschaftlichen Zeitalter, ohne daß am Ende wieder etwas Ganzes, Ein Balg, ein neuer Leib aus der Idee, aus Nebel und Licht, sich uns entgegenwölbte ... der wunderbare Arsch der Psychoanalyse, die Brüste der sozialen Gerechtigkeit, die gekreuzten Schenkel von Ökonomie und Ökologie, die Augen des Biologen, die Arme des Untergangs.

Indem wir die Maschinen der integrierten Schaltkreise erfanden und bauten, die Computer, Datenbänke, Superspeicher – wurden wir nicht insgeheim von der Idee geleitet, daß die entscheidende kulturelle Leistung unseres Zeitalters darin bestehen müsse, Summe zu ziehen, eine unermeßliche Sammlung, ein Meta-Archiv, ein Riesengedächtnis des menschlichen Wissens zu schaffen, um uns selbst gleichzeitig von diesem zu verabschieden, unsere subjektive Teilhabe daran zu verlieren?

Im Grunde ist die Idee des Computers eine der Lagerung, des Horts und der Zusammenfassung und als solche scheint sie eher die Ablösung vom bisherigen Fortschritts- und Expansionsdenken zu begleiten. Das elektronische Gehirn will sich vor allem in der Fläche, im Bestehenden verzweigen, ist selbst keine Produktionsmaschine, sondern steht im Dienst der Kontrolle und der störungsfreien Steuerung von produktionstechnischen wie auch von sozialen Prozessen.

Wohl stellen die Schaltungen der Mikroelektronik ursprünglich eine vereinfachte (Teil-)Nachahmung der menschlichen Gehirnarbeit dar und in speziellen Fähigkeiten übertreffen sie diese bei weitem, etwa durch die Geschwindigkeit, mit der sie komplizierte Berechnungen ausführen können. Der Mensch, seit seinem Auftauchen vor dreißigtausend Jahren gezwungen, immer was Besseres zu erfinden als er selbst von Natur aus an sich hatte, mußte zugleich auch erleben, daß dies Bessere ihn zurückwies; so wie die Industriemaschine die menschlichen Hände zurückwies, was auf lange Sicht zur genetischen Verkümmerung dieses Organs führen wird (und sich vorerst nur im Ungeschick, in der psychosozialen Schüchternheit andeutet: nicht wissen wohin mit den Händen . . .). Von daher muß man wohl annehmen, daß die Gedächtnismaschine auf den Ebenen, auf denen sie Vollkommenheit besitzt, uns ebenfalls zurückweisen wird und der Regression unserer Erinnerungsfähigkeit Vorschub leistet. Es ist ja eine irrige Annahme, daß das von sturen Aufgaben entlastete Organ deshalb besser und gesünder dran wäre und sich um so erfolgreicher auf ›wesentliche Fragestellungen‹ konzentrieren könne. Das Gedächtnis kennt doch im Grunde gar nichts Überflüssiges. Die Fülle und der Reichtum an divergenten Operationen und Informationen sind doch die eigentliche *Bewegung*, die seine Energie erzeugen, und noch die sture Zählarbeit ist letztlich nicht umsonst getan; alles Selbstgetane vermehrt, aktiviert und stärkt das Gedächtnis. Nur der totale Konsument erinnert sich nicht. Jene Maschine also, die in Teilen eine Auslagerung des menschlichen Hirns darstellt, wird sich möglicherweise schneller zu dessen Verkümmerung auswirken, als die den Körper entlastenden Maschinen zu speziellen Krankheiten der Organe und der Seele beitrugen. (Die vorerst letzte Stätte der subjektiven Produktion wird dann nur noch die Krankheit sein.) Die Großen Maschinen unseres Jahrhunderts: das Auto, das Fernsehen, die Datenverarbeitung haben zuallererst etwas dem Menschen *Benehmendes* (wie es Ernst Jünger schon sehr früh am Blick des Autofahrers beobachtet hat) – die Benommenheit im Antlitz des totalen Konsumenten, die Benommenheit im Antlitz des nicht mehr fantasierenden, nicht mehr sich erinnernden Fernsehzuschauers angesichts des ungeheuerlichen Archivs von ubiquitärer Gegenwart, angesichts des wahren Terminals des kulturellen Gedächtnisses: der Endstation der sinnlichen Wahrnehmung. In der narzißtischen Beachtung, die der Macher seinem Erzeugnis widmet, verliebt in sein scheinbares Ebenbild, formt der Computer die behelfsmäßige, statische, beschränkte Art seiner Intelligenz zurück in den menschlichen Geist.

Das tatenlose, überinformierte Bewußtsein, das nicht mehr in der Lage ist, Wunsch, Idee, Erinnerung zu produzieren, erlebt stattdessen eine (sonst nur dem

Wahnsinn bekannte) Gleichzeitigkeit des Unvereinbaren und *denkt* einen wahllos aus den Beständen zugespielten Datensalat. Davon bleibt schon jetzt niemand verschont. Wie erschrickt man doch häufig über die bizarren Ausstöße des eigenen Archivs! Bilder aus einem Film von Glauber Rocha und Worte Gotthold Ephraim Lessings. Man sucht darin den Beweggrund, die Kraft des Heterogenen zu fassen. Es ist vergebens. Es war nur das unbrauchbare Spiel eines die Maschine nachäffenden Gedächtnisses. Eine kulturelle Egalität, die jedem Ding gleichen Erscheinungswert zubilligt, ist die Wüste des Bewußtseins; und sie wächst, sie drängt an den Rand des Idiotismus: wie weit ist denn die Welt zwischen Ezra Pound und Wim Thoelke?

Die scheinbar für immer unbekannte, undeutbare Assoziation; das einander Entlegenste in der vollkommenen Reinheit seiner Divergenz: von Diesem zu Jenem führt kein Weg; nur die verworrenen Kontaktläufe eines wildgewordenen Computers können eine solche Gleichzeitigkeit herstellen, aber keine Seele, kein Unbewußtes vermag es.

(Anläßlich André Leroi-Gourhan, »Hand und Wort«.)

Einerseits: der schnelle Gedanke von der »Verkümmerung der Hand«, von der Entriegelung der Stirn, von der Vermehrung des Wissens, von der Beschleunigung des Wissenszerfalls – andererseits: das träge Zeitmaß von Jahrtausenden, in denen das genetische Geschick des Menschen sich vollzieht, unabänderlich, nicht zu beschleunigen; körperlicher Zustand und ererbte Verhaltensmuster des homo sapiens seit der Frühsteinzeit fast stationär. Verschlechterung des Erbguts im Verlauf der kulturellen Evolution nahezu irrelevant, da diese so schnell, daß die biologische Evolution – etwa 100 000 mal langsamer – fast unwirksam bleibt. Seit Karl dem Großen sind erst 40 Generationen verstrichen. (Friedrich Cramer, »Fortschritt durch Verzicht«)

Das allgemeingebildete Selbstverständnis des Menschen ist nach wie vor von Geschichte, Kultur und sozialer Leistung geprägt und kaum von dem fortschreitenden Wissen um ›seine Natur‹. Das ist heute im sogenannten Zeitalter der Naturwissenschaften nicht sehr viel anders als vor Darwin, vor Freud. Tiefer als das Triebgeschehen reicht, ist uns der eigene Körper nicht zur geistigen Lehre geworden.

Obschon unser Wissen längst in Mikrosphären auch des menschlichen Lebens vorgedrungen ist, in denen sich das traditionelle Bild vom homo sapiens aufzulösen beginnt, wehrt sich das ideologische Selbstverständnis beharrlich dagegen, die revolutionären Errungenschaften seines Geistes anzunehmen, sie auf irgendeine Weise in der Imagination zu berücksichtigen, so wie es das noch mit dem Verlust der Religion oder mit den Erkenntnissen der Psychoanalyse getan hat. Immerhin geht es nicht um interstellare Materieteilchen, sondern um die Geschicke der eigenen Art, einen Bereich also, welcher die egozentrische Neugier des denkenden Subjekts berühren muß. Allerdings, die elementare Naturseite, zum Beispiel die zellbiologischen Prozesse unseres Lebens erleben wir nicht; sie teilen sich (außer durch Störung oder Krankheit) weder dem Bewußtsein noch dem Unbewußten mit. Das Innerste des Menschen steuert der Apparat, der Bio-Computer. Und während jener glaubt, kämpft, weint, schläft, kritisiert, tun die Enzyme unerschrocken ihr Werk, fleißig, einsichtig, gleichgültig. Befreit von seinem Spiegelbild, wäre der Mensch gezwungen, sich selbst als das gewaltige Werk von extrahumanen Formen und Strukturen zu durchschauen, das ihn immer an seiner Identität zweifeln ließ, wäre er gezwungen, sein einzig gültiges Porträt zu betrachten, welches das einer Übergangserscheinung, vielleicht nur das eines Auswuchses, eines Mistelzweigs am Lebensbaum der Erde ist. Nur im Zustand einer vielleicht schreckhaften, vielleicht aber auch mystischen Reglosigkeit könnte er den ganzen Reichtum ›seiner Natur‹ erfahren. Es wäre eine ähnliche Erfahrung wie die unendliche Mannigfaltigkeit an Gefühlen, die das Verlangen bei Unbeweglichkeit hervorruft und die in der grandiosen Vielfalt pflanzlicher Formen ihren Ausdruck findet (Ponge). Bei tiefstem Stillstand und in einem geistigen Nu werden wir das Formen-All, durch das wir leben, in unser Bewußtsein nehmen und darin ein ungeheuerliches Verlangen der Natur, den Menschen zu überwinden, erkennen.

»Zielstrebige Realitätsbewältigung« höre ich einen Sozialpädagogen sagen, das sei es, wozu man die Kinder, die Jugend immerzu anhalten müsse. Daher gelte es auch, sich gegen das Haschischrauchen auszusprechen, denn dieses mache träge und gleichgültig und behindere also die kritische Orientierung in der Umwelt. Wie bedauerlich sind diese armseligen, heruntergekommenen Überzeugungen, die da munter weitersprudeln aus den Köpfen unserer Lehrer! (Die Achtundsechziger-Generation, die noch einmal Glück gehabt hat und ihre bescheidenen Gescheitheiten nun jahrzehntelang unabänderlich von bequemen Lehrstühlen verbreiten wird ...) Mit solchen Beschwörungsformeln – Realitätsbewältigung! – versucht die bedrängte Vernunft, das Dickicht des Lebendigen in eine leere Begriffswelt zu verwandeln, und das ist doch der eigentliche Irrationalismus. Ihr dünnes Gebet, längst überschallt vom Lärm der Sprach-Aussteiger, behauptet sich von Amts wegen nun um so verkniffener und beflissener, und die verlassenen Erzieher wiederholen und wiederholen – man hat ja nichts anderes gelernt – das kalte und ausgezehrte Vokabular des kritischen Durchblicks, das durch jede Wiederholung um einen Hauch abstrakter zu werden scheint. Was heißt: Realität bewältigen, zielstrebig? Wie will einer das anstellen? Wenn sie doch ehrlich sagen würden: es richte sich jeder darauf ein, auf gut Glück durchzukommen, ohne dabei seinen Verstand und seine Selbstachtung zu verlieren. Den meisten stehe wohl ein mühsames Sich-Durchhangeln eher bevor als ein schwungvoller Werdegang. Jeder helfe (mit oder ohne Haschisch) sich und denen, die ihm nahekommen, so gut er kann; versuche gemeinsam mit anderen eine Schneise zu schlagen und weiter zu tappen, bis sich irgendwann vielleicht eine Lichtung öffnet, ein Fluß erscheint und – bestenfalls – eine gewisse Gelassenheit, fern von Gleichgültigkeit, uns für die Mühen der Wegbahnung entschädigen wird.

Was aber werden wir bewältigen, wenn uns und unseren Kindern der plastische Sinn für das Reale getrübt und nach und nach ausgemerzt wird? Durch die Medien, sagt Jean Baudrillard (alle folgenden Zitate aus seinem Buch ›Koolkiller oder Der Aufstand der Zeichen‹) – »durch die Medien überwuchert die Kategorie der faits divers die des Politischen ... Im Fernsehen ist durch seine bloße Gegenwart die soziale Kontrolle zu sich gekommen ... Selbst auf lange Sicht bedeutet die Unmöglichkeit polizeilicher Megasysteme lediglich, daß die gegenwärtigen Systeme durch Feed Back und Selbststeuerung in sich selbst diese nun nutzlosen Kontrollsysteme integrieren. Sie sind in der Lage, das, was sie negiert, als *zusätzliche Variable* einzuführen. Sie sind in ihrer Operation selbst die Zensur: es bedarf keines Metasystems ... Die Straße ist das einzig existierende Anti-Medium ... Das Zeitalter des Sozialen, das wie ein erlöschender Stern in einem schwarzen Loch endet – die implosive Gewalt, die aus der maßlosen Verdichtung des Sozialen hervorgeht, welches den Zustand eines überausgesteuerten Systems erreicht hat, eines überlasteten Netzes des Wissens, der Information, der Macht ... Wir können diese Gewalt nicht begreifen, denn unser ganzes Imaginäres ist auf die Logik expandierender Systeme gerichtet.

Im Pariser Kulturhypermarkt Beaubourg vollzieht sich die Retotalisierung aller verstreuten Funktionen des gesellschaftlichen Körpers und Lebens (Arbeit, Freizeit, Medien, Kultur) in einem homogenen Zeit-Raum; die Retranskription aller widersprüchlichen Ströme in Termini integrierter Schaltkreise; Zeit-Raum einer vollständig rationalen Simulation des gesellschaftlichen Lebens ...« Das große Ereignis dieser

Periode, das große Trauma ist jene Agonie fester Bezüge, Agonie des Realen und Rationalen, mit der das Zeitalter der Simulation anbricht. Während so viele Generationen, und besonders die letzte, im Laufschritt der Geschichte gelebt haben, in der euphorischen oder katastrophischen Perspektive einer Revolution – hat man heute den Eindruck, daß die Geschichte sich zurückgezogen hat, einen Nebel der Indifferenz hinter sich zurücklassend, durchquert zwar von Strömen, aber all ihrer Bezüge entleert. In dieser Leere fließen die Phantasmen einer versunkenen Geschichte zusammen, in ihr sammelt sich das Arsenal der Ereignisse, Ideologien und Retro-Moden – nicht so sehr deshalb, weil die Leute daran glauben oder darauf noch irgendeine Hoffnung gründen, sondern einfach um die Zeit wieder aufleben zu lassen, in der es *wenigstens* Geschichte gab, in der es wenigstens Gewalt (und sei es die faschistische Gewalt) oder wenigstens einen Einsatz des Lebens oder des Todes gab. Alles ist gut, um nur dieser Leere zu entkommen, dieser Leukämie der Geschichte und Politik, diesem Absoluten der Werte – kunterbunt können nach Maßgabe dieser Bedrängnis sämtliche Inhalte wachgerufen werden, wird alle frühere Geschichte in wildem Durcheinander wieder lebendig – keine zwingende Idee mehr, die auswählen würde, bloß Nostalgie akkumuliert endlos: der Krieg, der Faschismus, der Prunk der Belle Epoque oder die revolutionären Kämpfe, alles ist äquivalent und mischt sich unterschiedslos in dieselbe morose und düstere Exaltation, dieselbe Retro-Faszination.«

Geht's nur ums Überleben? Gings nicht immer um ein

besseres Leben? fragt ein wenig bitter Baudrillard den Ökologisten. Ja, antwortet dieser, auf einmal geht's ums nackte Überleben. Aber wie es darum geht, das ist auch eine Lust.

... dies alles wissen und dies Wissen auf sich beruhen lassen, war eins.

Venedig, Jahresende, den Rücken gedrängt gegen die verschlossene Porta Sant'Alipio der Markuskirche, um dem Sog des Rückblicks, der eins wird mit dem Sog des großen, zur Mitternacht fast leeren Platzes zu widerstehen. Tausend runde Lichter an den Fenstern der Neuen und der Alten Prokuratien, die diesen öffentlichsten Ort in einen feierlichen Innenraum, in einen Traum-Saal verwandeln können ... Ach mein Jahr! Was ziehst du an mir? Wohin denn noch? ... Die Menschen, die vereinzelten um diese Stunde, gehen einen seltsam hervorstechenden Gang, bald zu schnell und bald unnatürlich langsam. Sie gehen alle in moderner Schüchternheit, als hätte man sie auf den großen Schauhof der Geschichte hinausgeschickt, wo sie nichts darstellen können. Der gewohnte Schutzraum der Bewegungen, die charakteristische Proportion, die der Gänger zu seiner Umgebung, zu Häusern und Passanten, Straße und Verkehr bildet, ist hier aufgehoben oder mindestens gestört. Der Platz, die leichte, fast animierende Platzangst verleiht ihm einen auffallenden und unselbständigen Schritt. In solch lautlosem Beben der Gegenwart entzieht sich uns die Stadt als die prächtige Kulisse und große Szene, die wir gern bewundern, und ein heimlicher Riß tut sich auf, vielleicht der einzige noch passierbare Eingang zur Vergangenheit. Die Geschichte lebt! und wir sind ihre ganz kleinen, unsicheren, doch wohlgelittenen Gäste.

Aus einer Gasse nahe dem Café Quadri kommt ein starker, heller Gesang. Ein Mädchen hat sich aus dem Kreis ihrer Freunde erhoben und singt ihnen Lieder vor, keine venezianischen, sondern russische. Es ist ein künstlerischer Gesang und die Stimme ein geschulter Sopran. Gleichsam aus ihrer Verlorenheit herausgerufen, ziehen die wenigen Menschen auf dem Platz zu der Gasse und sammeln sich im Rücken der Sängerin. Denn sie singt noch in die Gasse hinein und nur zum Gefallen ihrer Freunde, die vor ihr auf Holzstegen sitzen und vielleicht Gesangsstudenten sind wie sie selbst. Da sie nun hinter sich ein Publikum anwachsen fühlt, ziert sie sich nicht, sondern öffnet sich zu uns mit einer halben Drehung des Körpers und trägt ihren schwermütigen Jubel nun hinaus in die mächtige Halle des Markusplatzes. Das Mädchen steht da in ihrem Lammfellmantel, die Hände in den Taschen, den Kopf schräg angehoben und aus einem kindlichen Mund steigen unter Atemdampf diese reinen Töne, die sie selbst über alles liebt, die ihr Mund formt und liebkost. Sie empfängt von allen Zuhörern ein Gefühl von zufriedenem Glück; stellvertretend für jeden von uns hat sie sich jenen Schwingungen des Orts und der Stunde überlassen, die das Gehen wohl beirren mögen, den Gesang aber hervorlocken.

Dies geschah in unmittelbarer Nachbarschaft, nur wenige Meter entfernt von einem Fleck, an dem ich schon einmal einen ebenso erhöhten wie gespaltenen Augenblick des Wissens erleben mußte. Hier unter den Kolonnaden des Café Quadri saß im Sommer 1969 das traurige Trugbild eines alten Mannes, dem ich niemals begegnet war und den ich gleichwohl verehrte wie keinen zweiten; da saß der berühmte Philosoph, der kahle Rundschädel, den ich von Fotos kannte, die dunklen, runden Augen, die vom Äußerlichen und Sichtbaren, vom Bildnerischen weniger belebt zu werden schienen als vom Gehör, vom Verstehen, vom Zeit-Spiel. Er saß allein und alleingelassen an einem Caféhaustisch mitten in einem wüsten Touristenstrom und ich starrte ihn an und ich war sicher, nur er könnte es sein, von dem ich soviel in mich hineingedacht hatte. Wenig später erfuhr ich dann aus der Zeitung, daß er gerade in jenen Sommertagen, vielleicht an demselben, da ich ihn in Venedig sah, gestorben war in seinem Hotelzimmer in Sils Maria.

Ja, eine Stadt der Gesichte, es ist bekannt genug; und gewiß aus dem einfachen Grund, daß wir hier ungleich verwunderter blicken müssen als anderswo, und davon kommen dann Unbekanntes, Unsichtbares in uns selbst zum Vorschein. Wenn wir lange durch die Gassen gehen, bekommen Sinne und Gedächtnis fast zuviel zu tun, ertasten Formen, Schmuck und Zeichen vieler Zeiten, dichtgedrängt, die dazu noch zusammenwirken im Umfang einer lebendigen, ganz realen Stadt (nicht eines Museums). Unsere eigene Zeit-Dimension, einförmig und durch Dauerwahrnehmung kahler Betonwände abgeschliffen, wird heftig angegriffen und ruckt in ihrer Fläche und aus den Ritzen treten Einbildung und gar ein gesteigertes, doppeltes Sehen hervor.

Die Stadt läßt vom Heute im wesentlichen nur uns Menschen ein. Und sie isoliert uns gleich. Sie trennt uns von jenen Hauptverbindungen, die unser Leben beherrschen: den Straßen, den Autos, den gleichaltrigen Häusern, von allen Maßen, Rhythmen, Formen unserer Wohngebiete. So herausgetrennt, sind wir zunächst auch immer hilflos und durchaus keine souveränen Betrachter. Hier blickt die Geschichte zurück mit den ihr eignen Strahlen und manchmal röntgt uns die Oberfläche eines Quadersteins, zerstreut uns bis auf die Haut der Träume ein Architrav, ein Brückenbogen und dann erscheint neben den Steinen, ebenso fest wie diese, eine alte, abgedrängte Ahnung, zeigt sich als ein Körperwesen, das es gar nicht gibt.

Ich danke dem Mädchen, das sich herausstellte und das uns allen Angemessene tat: zierlich den Kopf in die Höhe erhob, um aus der nebligen Luft der Mitternacht Atem zu holen für den Gesang.

Botho Strauß im Carl Hanser Verlag

Marlenes Schwester
Zwei Erzählungen. 1975. 112 Seiten.

Trilogie des Wiedersehens
Theaterstück. 1978. 128 Seiten.

Die Widmung
Erzählung. 1978. 148 Seiten.

Groß und klein
Szenen. 1979. 140 Seiten.

Die Hypochonder
Bekannte Gesichter, gemischte Gefühle
Zwei Theaterstücke. 1979. 128 Seiten.

Rumor
Roman. 1980. 236 Seiten.

Kalldewey, Farce
Theaterstück. 1981.